麈史
侯鲭录

［宋］王得臣 赵令畤 撰　俞宗宪 傅成 校点

图书在版编目(CIP)数据

麈史　侯鲭录 / (宋)王得臣　赵令畤撰；
俞宗宪　傅成校点. —上海：上海古籍出版
社，2012. 11(2023. 8 重印)
　　(历代笔记小说大观)
　　ISBN 978 - 7 - 5325 - 6341 - 8

Ⅰ.①麈… Ⅱ.①王… ②赵… ③俞… ④傅… Ⅲ.
①笔记小说-小说集-中国-宋代 Ⅳ.①I242.1

中国版本图书馆 CIP 数据核字(2012)第 044988 号

历代笔记小说大观

麈史　侯鲭录

［宋］王得臣　赵令畤　撰

俞宗宪　傅成　校点

上海古籍出版社出版发行

(上海市闵行区号景路 159 弄 1 - 5 号 A 座 5F　邮政编码 201101)

(1) 网址：www.guji.com.cn

(2) E-mail：guji1@guji.com.cn

(3) 易文网网址：www.ewen.co

常熟文化印刷有限公司印刷

开本 635×965　1/16　印张 8　插页 2　字数 106,000

2012 年 11 月第 1 版　2023 年 8 月第 2 次印刷

印数：2,101—3,200

ISBN 978 - 7 - 5325 - 6341 - 8

I·2495　定价：22.00 元

如有质量问题,请与承印公司联系

总　目

麈 史

［宋］王得臣　撰

俞宗宪　校点

校 点 说 明

《麈史》著者王得臣(1036—1116),字彦辅,自号凤台子,宋安州安陆(今属湖北)人。嘉祐四年(1059)登进士第,历任岳州巴陵令、开封府判官等,出知唐、邠、黄、鄂州。后为福建转运副使,在京历官金部郎中、军器少监、司农少卿。绍圣四年(1097)九月,以目疾管勾崇禧观,致仕。卒赠太中大夫。得臣家学渊深,阅历丰富,学问博洽,颇长于著述,除《麈史》外,尚著有《凤台集》、《江夏辨疑》、《江夏古今记咏集》、《凤台子和杜诗》等,惜皆散佚。《麈史》一书"于当时制度及考究古迹,特为精核",且记载了大量安陆地区的人物、地理、风俗情况,写作态度严肃,自称"出夫实录",保存了大量的第一手文史资料。此书无论对研究宋代典章制度、安陆地区历史文化,还是研究唐宋文学史,都颇具参考价值。

1986 年,我曾以现存最完整的清人鲍廷博知不足斋本为底本,用商务印书馆的涵芬楼本(由夏敬观以知不足斋本为底本,校以涵芬楼藏残抄本及钱塘丁氏藏明嘉靖柳合抄本而成)、上海图书馆所藏石研斋秦氏藏抄本及清残抄本作校,并参校了《说郛》本及其他多种笔记、经史等有关书籍,写下校记,整理标点后交上海古籍出版社出版,书后并附录有关本书的跋文、目录、笔记等资料。这次重版,按照《历代笔记小说大观》的体例要求,文字择善而从,概不出校,除了序文之外,不再附录其他资料。不当之处,请读者给予批评指正。

目　　录

麈 史 序

予年甫成童，亲命从学于京师，凡十阅寒暑，始窃一第；已而宦牒奔走，辙环南北，而逮历三纪，故自师友之余论，宾僚之燕谈，与耳目之所及，苟有所得，辄皆记之。晚逾耳顺，自大农致为臣而归，阖扉养疴，日益无事，发取所记，积稿猥多，于是重加刊定，得二百八十四事。其间自朝廷至州里，有可训、可法、可鉴、可诫者无不载；又病其艰于讨究，遂类以相从，别为四十四门，总成三卷，名曰《麈史》。盖取出夫实录，以其无溢美、无隐恶而已。虽小道，必有可观者焉，览之者幸无我诮。时行年八十，皇宋政和，岁在乙未，中元日，追为之序。凤台子王得臣，字彦辅。

卷上

睿　谟

郑毅夫尝说，艺祖朝声登闻鼓求亡猪者，上手诏忠献赵公曰：“今日有人声登闻鼓来问朕觅亡猪，朕又何尝见他猪耶！然与卿共喜者，知天下无冤民。”

治平初，有州护兵官以非白直禁卒录编敕，既劾，具牍以上，英宗曰：“武臣写敕，是有意莅官矣。”遂命释之。闻者莫不叹服。

慈圣园陵，永裕手诏略曰：“功隆德盛，被于四海，宜改山陵。”仍云：“朕于禁中实行三年之制。”盖古所未有也。

中书许冲元尝对客言：熙宁末，神宗欲改元，近臣拟“美成”、“丰亨”二名以进。上指谓“美成”曰：“羊大带戈，不可。”又指“亨”字曰：“为子不成，可去亨而加元。”遂以“元丰”纪年。

内侍陈处约尝与客言昔在宣仁圣烈殿执事，言宣仁尝俭服绤素，盖古之衣大练无以过，或宴罢见浣濯食器，戒其洁谨。夫不出殿闼，综制天下于帘箔之中，十年天下晏然，非仁俭何以至此，可谓盛德矣！

神宗皇帝圣学渊远，莫窥涯涘。黄安中履任崇政说书，讲《诗》至《噫嘻》、《振鹭》、《丰年》，上问曰：“有祈则有报，间之以《振鹭》何也？”黄曰：“得四海之欢心以奉先王，维其如此，乃获丰年之应。”一日，又讲至《祈父》之篇，其卒章“祈父，亶不聪”，上问曰：“独言聪而不言明，何也？”黄曰：“臣未之思也。”上曰：“岂非军事尚谋，聪作谋故耶？”侍臣莫不叹服。蔡持正说。

国　政

得臣管干京西漕司文字，居洛，与尚书郎寇谭往还，因出其祖莱公景德初元闰九月奏稿,乃被旨措置河朔边事,及讯驾起与不起,如起至何处者。其状盖列三项,首曰:"边报犬戎游骑已至深、祁以来,缘大军在定武,魏能、张凝、杨延朗、田敏等又在威勇等处,东路别无屯兵,乞发天雄军兵骑万人驻贝州,令周莹、杜彦钧、孙全照分部;或不足,即止发五千兵,专委孙全照。如虏在近,勿使傅城,求便掩击,仍令间道移石普、阎承翰相应对讨杀。及募壮士入虏境燔毁聚落,讨荡生聚,多遣探伺,以彼动静上闻,兼报天雄军。一安人心,二张军势以贰敌,三以振石普、阎承翰军威,四与邢、洺相望,足大犄角之势。"又曰:"扈从卫士不当与犬戎争锋原野,以决胜负。万一犬戎之营见兵已南,即发定武兵马三万余,俾桑赞等结陈,南趋镇州,及令河东雷有终所部兵由土门会定武兵,审量事势,那至邢、洺间,方可銮舆顺动。更饬王超等在武翼城而陈,以应魏能等,作会合之势,候抽移定州、河东兵骑附近,始幸大名。"又曰:"万一犬戎栅于镇、定之郊,定武兵不可来,须分定武三路精兵,就差将帅会合,及令魏能等军迤逦东下,傍城牵制,虏必怀后顾之忧,未敢轻议深入。若车驾不行,益恐番贼戕害生灵;或是革辂亲征,亦须渡大河,且幸澶渊,就近易为制置会合兵马,兼扼津济。"得臣切以为忠贤之臣抱道履节,孰不欲遭时奋取功业,措天下于泰山之安,而身享令名哉?然莱公非赖章圣渊谋神断先发于中而独以倚成,又何以施其力哉?圣贤相济,呜呼,盛矣!

神文朝有议东南漕粟,兵夫舟船与盗失之费盖十常三四,欲募商贾,令入粟以实中都,三司使程文简以为不可,万一所入不足,必邀增直,是商贾得操其柄。其议遂寝。

神宗广景灵宫为原庙,逐朝帝后前后各一殿,咸有名,见于国史。元祐初,神宗神御殿名曰"宣光"。绍圣初,内相林子中言,"宣光"乃元魏时殿号,非所宜名。诏易之。议者以为祖宗时凡建一事、施一令,必下侍臣博议,盖审处之也。或曰:此执政寡闻之过也。

韩魏公得宰相体。时曾鲁公为亚相,赵阅道、欧阳永叔为参政,凡事该政令则曰问集贤,该典故曰问东厅,文学则曰问西厅,大事则自与决之矣。

朝　　制

神宗留意军器，设监以侍臣董之，前后讲究制度，无不精致，卒著为式，合一百一十卷，盖所谓《辨材》一卷，《军器》七十四卷，《什物》二十一卷，《杂物》四卷，《添修及制造弓弩式》一十卷是也。

宋次道《东京记》说八作司之外又有广备攻城作，今东西广备隶军器监矣。其作凡十一目，所谓火药、青窑、猛火油、金火、大小木、大小炉、皮作、麻作、窟子作是也，皆有制度作用之法，俾各诵其文，而禁其传。

文德殿门外为朝堂，常以殿前东庑设幕，下置连榻，冬毡夏席，谓之百官幕次。凡朝会必集于此，以待追班然后入。近年则不然，多萃于文德殿后，以至尚衣库、紫宸、垂拱殿门外南庑，其坐于幕次不过十数人而已。

予在开封南司，会侍御史初入台，两赤令皆赴公参，开封县仍呈汴州杖。其杖长三尺二寸五分，上圭其半，阔一寸二分，厚七分；下杀而圆，长一尺，径七分，于圆处火印“汴州杖印”四字，大约与今之所谓小杖者不相远。凡决人未尝用，常贮于库，御史中丞、侍御史初入台，即呈之。按梁开平元年以汴州为开封府，此杖殆唐所制也。

官　　制

永裕建尚书省，自令、仆、左右丞洎六曹尚书、侍郎、郎官厅，于中壁皆置素屏，大书《周官》一篇。自官制以来，惟侍中、中书令、御史大夫、左右散骑常侍、宗正卿、少卿、殿中监、少监、丞，并未尝命。官制既行，省曹郎官与寺监长贰率互置，不必备也。如一部中均命郎中贰员，外寺监均命贰少之类，始以寄禄之阶高下序位，复有旨以先后至者为次。

祖宗以来，选人磨勘者，进士出身为著作佐郎，余人为大理寺丞，谓之京官。若佐郎再迁秘书丞，寺丞再迁太子中舍，谓之升朝官，始奉朝请。既行官制,即无所谓京官者,惟自承务郎以上;然承务至宣德若任七寺监主簿、太学博士、两赤丞之类,亦得奉朝请,盖亦以职事官论也。

旧尚书郎中皆重戴。官制之后,大夫皆不许重戴,如朝请郎以下虽通直、奉议之类,职事为诸司郎中者并重戴。

熙宁间,既置检正官,初以馆阁及阅任望官者充之;未几,又以初入仕者为五房习学检正官。今幕职官多因唐藩镇辟置之名,所谓两使职官者,节度、观察使判官是也,然以选人充之;若签判,则京朝以上,故签书判官厅公事。又选人作县曰某县令,京官以上知某县事,皆恐未正名者也。

元丰董正官制,如武臣始议易将军,校尉之号竟独依旧,不复更。

永裕董正官制,易其称呼。元祐间议者谓无以甄别流品,遂词人加"左"字,余人加"右"字,有犯贪墨者去之。予始见法制,词人犯则去"左"称"右",则余人称"右"者得无耻乎?是时知黄州,请有犯并去之,不从。

国　　用

绍圣初,予备位金部,初见户部支禁中合同司洎在京百官、宗室、诸军并杂支钱,以缗计之,月率四十余万,诸仓给食粮亦称是。

任　　人

郑内翰久游场屋,辞藻振时,唱名之日,同试进士皆欢曰:"好状元。"神文为之慰悦。后将召富、韩二公复相矣,因问近侍所以召状,对曰:"愿密遣内侍,以采外议。"上曰:"然。借如郑獬作状元,满庭称善,况命相哉!"

熙宁间,邓绾文约由御史知杂为中丞,凡七年不迁。

唐丞相乘马,故诗人有"沙堤新筑马行迟"之句。裴、武之遭变,而晋公独以马逸得免。至五代则乘檐子矣。庄宗闻呵声,问之,乃宰相檐子入内是也。本朝近年惟潞国文公落致仕，以太师平章重事；司马温公始为门下侍郎，寻卧疾于家，就拜左相，不可以骑：二公并许乘檐子，皆异恩也。

礼　仪

幞头，后周武帝为四脚，谓之折上巾。隋大业中，牛洪请著巾子，以桐木为之，内外皆漆。唐武德初，置平头小样巾子，武后赐百僚丝葛巾子，中宗赐宰相内样巾子，盖于裹头帛下著巾子耳。然折上巾以余帛折之而上系，今谓之幞头小脚；其所垂两脚稍屈而上，曰"朝天巾"；后又为两阔脚短而锐者，名"牛耳幞头"，唐谓之"软裹"。至中末以后浸为展脚者，今所服是也。然则制度靡一，出于人之私好而已。

其巾子先以结藤为之，名曰"藤巾子"，加楮皮数层为之里。亦有草巾子者，以其价廉，士人鲜服。后取其轻便，遂彻其楮，作粘纱巾。近年如藤巾、草巾俱废，止以漆纱为之，谓之"纱巾"，而粘纱亦不复作矣。其巾之样始作前屈，谓之"敛巾"，久之，作微敛而已。后为稍直者，又变而后抑，谓之"偃巾"。已而又为直巾者，又为上下差狭而中大者，谓之"梭巾"。今乃制为平直巾矣。其两脚始则全狭后而长，稍变又阔而短，今长短阔狭仅得中矣。

古人以纱帛冒其首，因谓之"帽"，然未闻其何制也。魏晋以来始有白纱、乌纱等帽。至唐汝阳王琎犹服砑绢帽，后人遂有仙桃、隐士之别。今贵贱通为一样，但徇所尚而屡变耳。始时惟以幞头光纱为之，名曰"京纱帽"，其制甚质，其檐有尖而如杏叶者，后为短檐，才二寸许者。庆历以来方服南纱者，又曰"翠纱帽"者，盖前其顶与檐皆圆故也。久之，又增其身与檐皆抹上竦，俗戏呼为"笔帽"，然书生多戴之，故为人嘲曰："文章若在尖檐帽，夫子当年合裹枪。"已而又为方檐者，其制自顶上阔檐高七八寸，有书生步于通衢，过门为风折其檐者。比年复作短檐者，檐一二寸，其身直高而不为锐势，今则渐为四直者。

古以韦为带，反插垂头，至秦乃名腰带。唐高祖令下插垂头，今谓之"挞尾"是也。今带止用九胯，四方五圆，乃九环之遗制。胯且留一眼,号曰"古眼",古环象也。通以黑韦为之常服者,金、玉、犀则用红韦,著令品制有差,豪贵侈僭,虽非经赐,亦多自服。至和、皇祐间为方胯,无古眼,其稀者目曰"稀方",密者目曰"排方",始于常服之。比年士大夫朝服亦服挞尾,始甚短,后稍长,浸有垂至膝者,今则参用,出于人之所好而已。

笏,衣绯紫者以象,上诎下直;服绿者以槐木,上诎下方,其制无度。象,初短而厚,俄易长阔,皇祐间,极大而差薄,其势向身微曲,谓之"抱身",后复用直而中者;其木笏,始亦甚厚,今则薄,又非槐。

国朝祖宗创金球文方团带,亦名"笏头带",以赐二府,乃佩鱼。又为御仙花带,亦名"荔枝",以赐禁从。元丰四年董正官制,自观文殿大学士以上至三师并服球文,观文殿学士至龙图阁直学士、六曹尚书、翰林学士、御史中丞并给御仙花,皆许佩鱼。岐、嘉二王服玉佩金鱼,至赐玉鱼以异之。

旧制大宴,百官通籍者人赐花两枝,正郎三枝,故有咏外郎迁前行诗云:"衣添三匹绢,宴剩一枝花。"熙宁以来,皆给四花,郎官六枝。自行官制,若寄禄阶虽未至大夫,而职事为郎中,即宴皆得六花。

衣冠之制,上下混一。尝闻杜岐公欲令人吏、技术等官少为差别;后韩康公又议改制,如人吏公袍俾加裰,俗所谓"黄义襕"者是也,幞头合戴牛耳者。然今之优人多为此服,大为群小所恶,浮谤腾溢,其议遂止。

传曰"亚紫之夺朱",然则紫之色可见矣。嘉祐染者既入其色,复渍以油,故色重而近黑,曰"油紫"。未几,英宗入继大统,秘书丞甄履尝为《继圣图》著其说。后又为黑紫,神宗诏禁止,于是乃加鲜赤矣,世又目为"顺圣紫"云,盖色得正也。

国朝旧制,文臣京官方许乘马出入皇城门,其幕职官以下悉自门外步以入。熙宁间,选人既习学检正,又有领编修令式之类者,或禀议中堂,于是亦听乘马出入皇城门。

国家朝祭,百官冠服多用周制,每大朝会、侍祠则服之。袜有带;履用皂革;裤,衣中单,勒帛;裙,蔽膝;袍,大带,革带,方心曲领;佩则用石以代珠玉;冠有三梁、五梁之别,言官、刑法官则加獬豸;所执各用其笏。如导驾，除御史大夫、开封牧、开封令出各乘车外，他官具冠服而骑。

永泰绍圣乙亥季秋，大享明堂，予时贰军器，从百官服朝服。前一日，皇帝致斋，御史台吏具行礼次第，人印给一本，至是日则曰"绨其佩"，仍注云"屈而结之"。在廷之臣亦有莫能省其音者，或读曰"青"、曰"菁"，余潜告曰："当为'争'。"有相顾而笑者。按《仪礼》作"绅"字，音义与此同。

妇人冠服涂饰，增损用舍，盖不可名纪，今略记其首冠之制：始用以黄涂白金，或鹿胎之革，或玳瑁，杨有"者"字。或缀彩罗为攒云五岳之类。既禁用鹿胎、玳瑁，乃为白角者，又点角为假玳瑁之形者，然犹出四角而长矣。后至长二三尺许，而登车檐皆侧首而入。俄又编竹而为团者，涂之以绿。浸变而以角为之，谓之"团冠"，复以长者屈四角而下至于肩，谓之"觯肩"。又以团冠少裁其两边而高其前后，谓之"山口"。又以觯肩直其角而短，谓之"短冠"。今则一用太妃冠矣。始者角冠棱托以金，或以金涂银饰之，今则皆以珠玑缀之。其方尚长冠也，所傅两脚疏亦长七八寸，习尚之盛在于皇祐、至和之间。聱隅子黄晞曰："此无他，盖大官麓疏耳。"

《丁晋公三十六事》载某氏女子嫁时之服，而箧有襂衣一袭，问其故，曰："若归夫家，遇私忌服此，慰舅姑耳。"今亡此礼，盖晋公时已废不用。余谓妇变服，而受慰者其服可知矣。切讲之而未知所从。在洛时闻富郑公私忌裹垂脚襂纱幞头，襂布衫，系蓝铁带，此乃今之释服。襂，禫服也。余欲行之，余弟光辅曰："不可。圣人缘情制礼，盖有隆杀，今岁服襂禫，是未尝从吉也。"又在闽，同官李世美，文定之犹子也，问所服云何，世美曰："冠以帽，衣白绉衫，系黑角带。"访士大夫家鲜有知此者。余以谓传称"君子有终身之丧"，忌日之谓也，是则其服以少变常服为安耳。

慈圣光献上仙时，礼院议曰："所服冠用布，四脚，衣布袍，腰绖，麻履；宗室及曹氏皆斩衰，杖。"元祐癸酉，余使闽，秋，遇宣仁圣烈之变，余令建州吏具如上服。后问他郡，皆服斩衰，时熊皋守鄱阳，乃出所录庚申礼官议服为得体。辛巳，钦圣宪肃遗告到安州，余急趋郡中见守相,首问所服,皆曰斩衰,余以为不可。时坐客亦有言癸酉中在金陵,曾舍人巩守郡,亦服斩衰,余以为大非也。遗告在京以日易月,十三日而除,是期服也。今服斩衰,义有所嫌,遂用余说。后闻他处服斩衰者甚多,士而不知礼,安可以仕乎?

都城内非执政大臣、宗室,并不许张盖,然宗室之家乘车,比至乳保辈乘马,皆张之。

熙宁间,因内珰马首以小扇障日,后士大夫悉用夹青缣为大扇,或加以青囊盛之,用芘其景,至从兵有不能持之者。绍圣初,中诏禁止,遂不用。

音　乐

瓠巴鼓瑟而游鱼出听,伯牙鼓琴而六马仰秣,古人精于音者其感物如此,况以舜之乐乎!然则百兽率舞,凤皇来仪,不足怪矣。故施于人则庶尹允谐,于神则祖考来格。呜呼,非舜,曷以至此!

周相王朴既定乐,本朝因用之,神文尝诏和岘等修焉,又有和氏乐,神文复命李照别制,然所用者惟王乐耳。永丰间,永裕遣知音者讲绎是正,遂废王乐而用李乐。范蜀公以为宫商之不相比,乃自制上之。元祐初,太常审议,卒用李乐。协律郎陈沂圣与谓予曰:“王乐高二律,是以太簇为黄锺也;范乐下二律,以无射浊倍为黄锺也。其得中声之合,惟李照乐云。”

蜀公素留心太乐,既居许,募工范铜为周釜、汉斛各一枚,尝示予曰:“此律度之祖也,知此则可以知乐矣。”又以为今乐之声,宫不足而商有余,故常大臣休休偃佚于私,而是日天子或御便坐以按军旅,乐之应也,遂改制音律上之。元祐初,下太常议其乐,以为声下而不用。

予尝问圣与曰:“乐之高下不合中声,何以察之?是以积黍定管生律而知耶?”圣与曰:“不然,凡识乐者惟在于耳聪明而已。今高乐,其歌者必至于焦咽而彻;下乐,其歌者必至于晻塞而不扬,以此自可以察之。”又云:“今教坊乐声太高,神宗因见弦者屡绝而易,歌者音塞而气单,遂问其然,对曰:‘以太高故也。’上曰:‘为下两格可乎?’乐工拜而谢焉。遂下两格,乃两律矣。今教坊与京师悉以新乐从事,他处或未用之。”

台　议

庆历中,卫士之变,既就诛矣,而言事官乞禁中畜罗江犬子。罗江,盖蜀邑也,产犬善噬,其章云:“仍舌班尾卷者善也。”然世以为舌班尾卷者,乃曹南犬也。

御史入台满十旬未抗章疏,例输金以佐公用,谓之“辱台钱”。神文朝一御史供职余九十日矣,未尝有所论列,盖将行罚焉。忽一日,削稿拜囊封,众仡听以为所言必甚大事,乃斥御庖造膳,误有遗发于其间者。其辞云:“是何穆若之容,忽睹卷然之状。”御史皆以才举,所议如此而无责,盖朝廷务广言路耳。

御史俸薄,故台中有“聚厅向火,分厅吃食”之语。熙宁初,程颢伯淳入台为里行则反之,遂聚厅吃食,分厅向火。

忠　说

安定胡翼之,皇祐、至和间国子直讲,朝廷命主太学。时千余士,日讲《易》,予执经在诸生列,先生每引当世之事明之,至《小畜》以谓:“畜,止也,以刚止君也。”已乃言及中令赵普相艺祖日,上令择一谏臣,中令具名以闻,上却之弗用。异日又问,中令复上前札子,亦却之。如此者三,仍碎其奏掷于地,中令辄怀归。它日复问,中令仍补所碎札子呈于上,上乃大悟,卒用其人。

富郑公尝为予言:永熙讨河东刘氏,既下并州,欲领师乘胜收复蓟门,始咨于众,参知政事赵昌言对曰:“自此取幽州,犹热镤翻饼耳。”殿前都指挥使呼延赞争曰:“书生之言不足尽信,此饼难翻。”永熙竟趋幽燕,卷甲而还,卒如赞言。郑公再三叹谓予曰:“武臣中盖亦有人矣!”

车驾每出至大庆殿前,三馆职事官就彼起居,朝奉郎杜球言:“永熙幸佛寺塔庙祷雨，至大庆，三馆起居，因驻辇问曰：'天久不雨奈何？'或对天数，或对至诚必有应。一绿衣少年越次对曰：'刑政不修故也。'上额之而行。归，复驻辇召绿衣者问状，对曰：'某土守臣犯赃，法当死，宰相以亲则不死。某土守臣犯赃不当死，宰相以嫌卒死之。'翼日，上为罢宰相，天即大雨。绿衣者，寇莱公也。"

寇忠愍遭遇永熙，始未至大任，然王体国论率预谋断。一日，咨及储贰，寇辞以天下之本，非臣所得知，愿博采廷议。已而章圣既入春宫，三日谒太庙，上遣人伺之，百姓观者皆合手叩额云"新天子"。又一日，莱公因对，上谓曰："建储本为天下计，前日还宫见有泣者；及太子诣庙，令人察之，百姓乃云新天子，便有去朕意。"莱公于是再拜曰："臣贺陛下得人。"此亦毅夫云。

李文定同丁晋公相章圣，以刚介嫉恶，议多不合。一日，因奏对以笏击晋公，由是并罢相，以本官归班。既而中使押晋公复入中书，文定出知郓州，盖天禧五年冬也。明年改元乾兴，二月十九日真宗晏驾，神文即位，章献垂帘，晋公挟前愤，三月，贬文定衡州团练副使。宣献当行制诰，禀所以责者，晋公曰："此无它，《春秋》之义，君亲无将，汉法所谓大不道耳。"宣献退思之，文定安至是耶？遂命以别辞。然晋公常切齿焉，竟增两句云："罢此震惊，遂至沈殒。"未几，晋公擅移永定皇堂，贬崖州司户，复当宣献行制，于是首云："无将之戒，深著于鲁经；不道之诛，难逃于汉法。"予与文定兄之孙朝奉大夫孝广、杨作"光"。世美同贰闽漕，世美为予言之。

范文正好论事，仁宗朝有内侍怙势作威，倾动中外，文正时尹京，乃抗疏列其罪欲上，凡数夕，环步于庭，以筹其事。家有藏书预言兵者悉焚之，戒其子纯祐等曰："我今上疏言斥君侧宵人，必得罪以死。我既死，汝辈勿复仕宦，但于坟侧教授为业。"既奏，神文嘉纳，为罢黜内侍。圣贤相遇，千载一时矣。毅夫云。

神文时，庆历间，淮南有王伦者，啸聚其党，颇扰郡县，承平日久，守臣或有委城而去者。事定，朝廷议罪，郑公在枢密，凡弃城，请论如法。范文正参预大政，争之以为不可：今江淮郡县徒有名耳，城壁非如边塞，难以责城守。神文睿德宽仁，故弃城得减死。郑公忿谓文正曰:"六丈欲作佛耶?"范曰:"主上富于春秋,吾辈辅导当以德,若使人主轻于杀人,则吾辈亦将以不容矣。"郑公叹服。

郑毅夫为三司盐铁判官,时文禁颇宽略,余尝入省见之,张伯玉公达与郑同部,余幸数听二公持论。张尝谓郑曰:"李邕当则天时,面折廷争,众甚危之,李出笑谓人曰:'不颠不狂,其名不彰。'"公达曰:"古人处己如此,何有于富贵哉?"余常心记其说。

惠　政

鄂州诸邑皆有茶税,民苦之。独崇阳一县不产茶,而民间率艺桑,而税以缣,人甚乐输。盖兴国初,九河张公咏登进士第,以大理评事知县事,禁民种茶而教以植桑,易税以缣。夫贤臣君子所至,利民亡穷也。

咏在崇阳登喜丰亭,见人市菜归,呼问之,乃田家子也,曰:"若自有地,岂地不足以艺蔬耶? 顾从邑而市之,真游惰者!"于是笞而遣之。以浅丈夫论之,则为暴政决无罪人矣。

范纯仁于至和间宰汝之襄城,民困徭役,盖籍家资满三百千则充衙前之役,民间至不敢艺桑者。公遇吏民有小过,则课本户罚艺桑各有数,人亦不欺,而至今称之。后值营奉永昭,计司科买麻履数万,期会既迫,民间虽有金而莫能得履。公为科营妇鬻履者,稍增其直,与之为约,如期而办。又科材木甚众,公敷于五等户,优估以市之,计里之远近,令以次输送。公乃设棚于县宇之前,致椽于棚上,公据棚下瞰,使民听唱名而前,拥木以立,遂令过,人莫之晓。盖于棚椽潜有寻尺之度,以视其长短也。由是吏胥匠石无一高下其手,而民无所用赂。当时畿右诸邑,民莫不劳弊,惟独襄城为不然。

闽人生子多者,至第四子则率皆不举,为其资产不足以赡也。若女则不待三,往往临蓐以器贮水,才产即溺之,谓之"洗儿",建、剑尤甚。四明俞伟仲宽宰剑之顺昌,作《戒杀子文》,召诸乡父老为人所信服者列坐庑下,以俸置醪醴,亲酌而侑之,出其文使归谕劝其乡人无得杀子,岁月间活者以千计,故生子多以"俞"为小字。转运判官曹辅上其事，朝廷嘉之，就改仲宽一官，仍令再任，复为立法推行一路。后予奉使于闽，与仲宽为婚家，法当避，仲宽罢去。予尝至其邑，闻仲宽因被差他郡还邑，有小儿数百迎于郊，虽古循吏盖未之有也。

利　　疾

事有变古而行之愈久必不废者，如赵武灵王因用胡服舍车而骑，秦始皇以隶易篆，武后诏父在母期增为三年之制。又有戾古而便时，为时所须而不可去者，如齐摘山煮海，汉之榷酤、六畜之租，唐之间架、竹木之税是也。若稽古执义而行，行之有所不安，如王莽之复井田，苏绰之建五等，房琯之用车战是也。盖徇名则失实，放于利而忘义，《易》曰："通其变，使民不倦，神而化之，使民宜之。"

六路租茶通商以来，蠲减外岁计三十三万八千六十八贯有畸，湖北独当十万二千三百三十一贯有畸，而鄂一州所敛无虑三万九千缗；诸邑之中，咸宁又独太重。尝试访之，其茶凡三名，一曰"供军税茶"，盖江南李氏所取以助军也；二曰"酒茶"，乃景德以前因扑买县酒，其课利计茶以纳，后因败欠，遂以其数敷出于民；三曰"市茶"，景德三年岁荒，官许额外货茶以济其艰食，所入既倍，而监场官因亦被赏，竟不复减。议者数乞均此无名之额以入诸邑，盖非通论也。夫以一邑之患，而欲困诸邑，尤无名矣。

湖北一路唯安、复、汉阳三州军无茶租，盖民不种以资利耳。尝按茶之起，谓之"根税茶"，盖以茶株均敷其多寡而已。今水田湖泽之地，无茶株而有茶税矣。又茶园户坐享厚息以自丰，议者欲以所重均于所轻之邑，以所有均于所无之州，是大不知为政者也。

安州在唐隶淮南，入本朝属荆湖北路，景祐间忽入京西，民间既禁海盐而食解盐，以辇贩之远，颇病淡食。方是时，西鄙用师，官科橐驼、黄牛，皆非山川所出而俗所未尝用者，于是人情厌苦不安。康定初，左丞范雍自延安谪守，乃会常入之课，以钱五万缗岁输京西漕司，复还安州于湖北，朝廷从之。民既德公，多立生祠。然岁课仅足以支费，而京西之输是增赋也。已而有司不胜其困，议者不烛本末，或欲乞为京西以纾目前之急，此非体恤民情之论也。予向为京西漕属，见架阁得割安州为京西元旨，止以京西缺财用为言，盖出于一时苟简之请，而听之者亦未尝图久计。其岁输钱率附漕舟转江入汴，然后至京西；又发运司计兵稍等费，凡受一万五千缗，而京西所得才三万五千耳。抑累岁未尝得之。切尝筹之，郡则王土也，人则王民也，何尝有彼此之限？初以五万缗是买路分尔，已为缪举，为今计，莫若旷然蠲之，则京西无受虚利，而湖北当蒙实惠也。

古之圭田取圭洁之义，今之职田岂其遗制耶？视职高下以限顷亩，著于令甲矣，然郡县始因其所有之田而占射之，故多寡未必如令。今有职田处多贻民患，岁有旱干水溢，官病失其所入，往往不受民诉；纵或受之，灾伤之十，不过蠲其四五而已。予切以敛职田之租入于常平，会见州县所得职田之数，以所有均于所无，以所多均于所少之处，估其中直，以常平之缗，月随俸以给，如此庶几养廉吏而息贪污也。

安陆郡城枕涢水，惟州城基皆紫石，不为水所啮，自大安门外至所谓上下津，地悉无石，每夏潦涨集，水道益东，民庐十沦五六矣。近岁水才溢岸，即行西濠，识者以谓久必自涢津门由景陵门以去为正河道矣，若自大安门外白兆廨院以北石岸尽处为水约，以杀湍锐，庶几保上下津居人，及免入城之患。张全翁朝议与予洎士人、僧俗同列状以诉于州，乞置水约。州委安陆令，而守令皆暗远图而惮于有为，第申漕司乞差濠寨。漕司果以旧未尝有，此役为难，遂寝其事。

卷中

贤　　德

寇忠愍、范文正二公俱守邓，施设之迹虽或不同，而同为善政，故去思在民，至今不忘。若忠愍则家家画像事之，止曰"相公"，而不言姓。其祠宇在州宅后，民间祈祷无虚日，大则刲牲献乐，小则焚纸币酹酒而已。百花洲中初未有土地，文正在任，令建庙貌，匠者请神之像于公，公曰："即我是也。"乃以公为祠。二公之祠不惟邦人神明之，士大夫经过者亦多造焉，官为设醮。二公与汉之召、杜在其列。呜呼，生泽其民，殁列于神，可谓盛德矣！

王侍郎古说：元宪宋公以言者斥其非才，罢枢相守洛。有一举人，行囊中有不税之物，公问何缘而发之，吏言因其仆告，公曰："举人应举，人孰无货，其情未可深罪；若奴告主，此风不可长也。"僚属曰："此犯人乃言官之子也。"为其父尝有章及元宪，意欲激其报耳。公曰："弗可。"送税院倍其税，仍治其奴以罪而遣之。众服之。

牛李之党，唐之名卿、才士大夫孰非其徒，独退之卓然无所附丽，乐天以高退不近祸。二公各行其所学，可谓一代之伟人。

令狐子先，安陆乡先生也，筮仕齐安理掾，岁满还里，卜筑于涢溪之南，耕钓之外，著书弹琴而已。时入城至集贤张君房之第借书，布衣林希逸善绘事，乃拟摩诘写浩然故事，以为《令狐秋掾雪中渡涢溪图》。其序略曰："张侯畜书万卷，掾常就阅，或假辍以归。每出入跨羸马，顶戴华阳纱巾，著墨襂布裰，系绦，小童携书箧，负琴以随。冬中复来假书，时值微雪飘洒，景物萧索，掾渡溪以归，常服外加以皂缯暖帽，委辔长吟曰：'借书离近郭，冒雪渡寒溪。'闻者毛骨寒耸。是知至人操履卓越，风韵体裁乃与天地四时之气相参焉。"先生讳揆云。

应山二连，伯氏庶，字君锡；仲氏庠，字元礼。少从学于二宋，相继登科。君锡为人清修孤洁，故当官，人号为"连底清"；元礼加以肃，人号为"连底冻"。其父处士舜宾，字辅之，为乡里所悦服。岁饥出谷万斛，损价以粜，惠及傍邑。有盗其牛者，官捕甚急，盗穷自归，处士愧谢，厚遗以遣之。故欧阳文忠公表其墓，具述其事。二宋，谓元宪、景文。

洛人李实景真，熙宁初入台为御史，久而未有所言。时邓绾文约任南床，谓李曰："当亦有所言否？"李曰："盖将言耳，然未知何等事？"邓曰："如某人皆可言也。"李乃曰："顾欲言人不善耶？"其长厚如此。黄好谦几道时同在台，后领京西宪，尝会于洛，为予言。

熙宁初，荆公王安石秉政，范蜀公议事不合，自翰林学士致仕。元祐初，司马温公既相，太师文潞公落致仕平章军国重事，耆哲并进。时蜀公居许，亦预召，竟辞不来，其表有云："六十三而引去，盖不待年；七十九而复来，岂云合礼。"

志　气

令狐先生子先，安陆名儒也，与二宋同时。尝谒郡守，值守出方归，三人遂立于戟门后，驺骑传呼而来，二宋相顾叹慕，且曰："我属至此亦足矣！"令狐曰："何其隘耶！吾辈不出入将相，皆不足道。"后元宪为丞相，景文至八座，令狐止于山南东道节度推官、监本州税而终，命不副志，可惜！

度　量

知夔州盛大夫武仲，安肃公度之孙也，谓予曰：某阅王公大臣，须有襟量乃可以享其位。昔外戚李侯璋徒以后族建节，独襟量容物，亦人所难。某尝同张寺丞谭过南郡，时李为留守，以其姻家曲相留者数日，俄以从兵乏食，告别欲去。李曰："但令持状来，当为给半月食粮。"盛遣从兵投状，寻判支半月。有一通判李郎中，东人也，抹之曰："不得支。"盛与张翼日又往告别，李曰："何苦遽行？"复告以从兵乏食。李曰："昨日已支过半月。"盛乃白其状。李大笑曰："是不得耶!"殊无怪怒色。盛、张相谓曰："此公月得俸钱四十万,正以此耳。"

张乖崖守成都,兵火之余,人怀反侧。一日,合军旅大阅,始出,众遂嵩呼者三,乖崖亦下马东北望而三呼,复揽辔行,众亦不敢谨。赵济畏之龙图,乖崖孙婿也,尝以此事告于韩魏公。公曰："当是时,某亦不敢措置。"畏之尝为予说。

宋元宪,继母乃吾里朱氏也,与仲氏景文以未第,因依外门,就学安陆。居贫,冬至召同人饮,元宪谓客曰："至节无以为具,独有先人剑鞘上裹银得一两,粗以办节。"乃笑曰："冬至吃剑鞘,年节当吃剑耳。"时予先君年未冠,处座下,尝语予曰："观二公居贫,燕笑自若,后享名位如此。"

范尧夫治平中为御史,坐言事谪通判安州,尝言康定间,元昊寇边,韩魏公领四路招讨,驻兵延安。忽夜有人携匕首至卧内,遂褰帷,魏公起坐,问谁何,曰："某来杀谏议。"又问曰："谁遣汝来?"曰："张相公遣某来。"盖夏国相张元正用事也。魏公复就枕曰:"汝携予首去。"某人曰:"某不忍,愿得谏议金带足矣。"遂取带而去。明日,魏公亦不治此事。俄有守陴卒报城橹上得金带,乃纳之。时范相兄纯祐亦在延安,谓魏公曰:"不治此事得体矣,盖行之则沮国威;今乃受其带,是堕贼计中耳。"魏公握其手,再三叹服曰:"非某所及。"

知　　人

齐桓公行甚污辱,而为五霸之盛者,盖能用管仲耳。仲死,竖貂任事,而卒于乱,然则贤不肖之损益可知已。

夏英公谪守安陆,有书表吏郑生者邻二宋,情迹甚熟,凡郡守所欲笺状,多谒二公为之。英公怪而问之曰:"若尝学而自为此邪?"对曰:"非也,乃二宋秀才之文也。"英公他日见二宋,得其所著,大嗟赏。英公守三月而罢,谓元宪曰:"三人下不可就。"谓景文曰:"非等甲不可居。"后卒如言。

蔡文忠齐,大中祥符八年登进士第,为状元。山东人贾同亦名士也，与公同州部，累往谒公，值公饮酣不得见，贾乃留诗一绝云："圣君宠厚龙头选，老母恩深白发垂，君宠母恩俱未报，酒如为患悔何追!"公因此戒酒。

不　遇

魏公少年巍科，与宋景文同召试秘阁《琬圭赋》。景文赋独行于世，魏公叹服。景文语客曰："既赋《琬圭》，又与韩氏少年同场。"意甚少之。魏公闻之不平。景文后修《唐书》，久之，魏公登庸，遂请改命欧阳修分撰《唐纪》与《志》。景文出知成都，听以书局自随，既成上之，旌赏都毕，已而景文召还，故有《罢郡将还先寄永兴梁丞相诗》云："留滞鱼符素领垂，十年方喜觐彤闱。平台赋罢邹阳至，宣室厘残贾谊归。疲马有情依枥叹，倦禽知困傍林飞。相君门下余尘在，拥篲应容一叩扉。"至雍，道中被命郑州，不得朝，卒于外。

治　家

《孟子》曰："天下之本在国，国之本在家，家之本在身。"予谓身之本在言行，《易·家人》之卦，象曰"风自火出，家人。君子以言有物，而行有恒"。是也。张全翁朝议为予言曰："潞州有一农夫五世同居。太宗讨并州，过其舍，召其长讯之曰：'若何道而至此?'其长对曰：'臣无他，惟忍耳。'太宗以为然。"

予昔官洛阳，有外医媪张氏，公卿士人家无不到，说富郑公治家严整，有二子舍，凡使女、仆辈戒不得互相往来，闺门肃如也。

场　屋

宋景文应举安陆，试《仲尼五十而学易赋》。次日，试《周成汉昭孰优论》，景文质其是非于令狐子先，答以两可之说。既出，各举程文，令狐乃以孝昭觉上官桀谋为优于成王不察四国之流言也。景文由是不怿。是年，景文首荐，令狐被黜。故景文谢启有云："言虽执于盈庭，文不同而如面。"盖谓是也。

神文重于选士，皇祐五年廷试，既考定，前一日取首卷焚香祝曰："愿得忠孝状元。"洎唱名，乃郑獬也。故郑谢启曰："何以副上心忠孝之求！"

神　授

潞公尝为余言："廖淳推官从其兄入京师应举，暇日于相国寺前得一物，取而发其纸视之，乃淳化钱，其数十。明日淳于王整下第十人及第，是为天禧三年。"淳本南剑人，后居安陆。

乡人传元宪母梦朱衣人畀一大珠，受而怀之，既寤犹觉暖，已而生元宪。后又梦前朱衣人携《文选》一部与之，遂生景文，故小字"选哥"。二公文学词艺冠世，天下谓二宋。

故相刘沆文忠公吉州人，乡荐数上不第，年逾四十，不欲复试，乡人共为投纳文字，迫期强之使就试，已而又预首选。明年礼部中选，殿试讫，一夕梦游天宇间，闻殿上唱云："刘沆南斗下立。"又言："北斗下立。"觉自占曰："历象南斗司生，北斗注死，我其死乎？"唱名，状元太师王拱寿，赐名拱辰，沆第二，乃悟所梦。天圣八年也。

余少时同伯氏从学于里人郑毅夫，假馆京师景德寺之白土院。皇祐壬辰，是岁秋赋，郑与予兄弟皆举国学进士。时已差考试官矣，一日，院僧德珍者言：昨梦院内南忽有池水中一龙跃而起，与空中龙斗，池龙胜而归。其时旁院书生有曰："某当作状元。"毅夫微笑曰："状元当出此院。"于是伯氏书僧梦与日月在于寝室门，时八月也。明年癸巳春殿，郑公果状元。予自东华门迓郑归白土院，坐定，僧乃取所记梦帖子曰："果验矣。"

元丰末，中书检正官王陟臣希叔一夕辄梦东华门外有天部仪卫一金朱车，讯云："宋朝第四宰相。"再讯之，云："丁丑人。"希叔盖生丁丑，喜而前瞻，见车上一金字牌，乃清源蔡确持正也，同生丁丑。元丰己未入参大政，辛酉登右揆，乙丑为首台，元祐戊辰以谪官守安陆。

尝吟诗，言者以为谤讪，贬英州别驾、新州安置，竟不还。识者以本朝宰相南行者，自卢、寇、丁至蔡乃第四矣。

予嘉祐四年蒙赐第，初行间岁取士第一榜也。南省放合格二百人殿试，内考落三十五人，比前后累榜最为人少；后蒙朝廷显擢，亦累榜所罕。故蔡持正、刘莘老、章子厚并拜相，安厚卿两至枢府，一为门下侍郎，胡完夫作右辖，出守成都，还为吏部尚书以卒。如持正、莘老并谪死新州。子厚近自雷州司户得散官，徙居桐庐，亦卒。厚卿以散官居沔，又迁建昌，后得还洛，复大中大夫。其次至侍从者亦数人，若俞公达、吴于中、李奉世皆先亡，张正甫、姚晖中、盛中叔亦以责死，丰相之、王明叟今俱贬夺，丰居台，王居南安。盖宠利保功名，自古所难哉！

王乐道幼子铚少而博学，善持论，尝为予说李邦直作门下侍郎日，忽梦一石室，有石床，李披发坐于上，旁有人曰："此王陵舍也。"梦中因为一词，既觉书之，因示韩治循之，其词曰："杨花落，燕子穿高阁。长恨春醪如水薄，闲愁无处著。去年今日王陵舍，鼓角秋风，千岁辽东，回首人间万事空。"后李出北都，逾年而卒。王陵舍，乃近北都地名也。

体　分

蔡邕《独断》曰："群臣与天子言，不敢指斥，故呼在陛下者而告之，因卑达尊之意也。及群臣士庶相与言曰'殿下'、'阁下'、'执事'之属，皆此类也。"段成式《酉阳杂俎》云："秦汉以来，于天子言'陛下'，皇太子言'殿下'，将言'麾下'，使者言'节下'、'毂下'，二千石长史言'阁下'，父母言'膝下'，通类相与言'足下'。"比蔡所言，盖已详而有等矣。然予观秦汉间卑对尊者亦称"足下"，如史谓"大王足下"者是也，则非特通类相与者之言也。

朕，古者上下通称，如皋陶对禹曰"朕言惠，可底行"，屈平曰"敕朕辞而不听"是也。蔡中郎以为至秦天子独称之。予尝以为汉以后"臣"之称亦止施于君前，而相与言犹或卿之，若蔡邕谓顾雍曰："卿必成致。”孙楚参石苞骠骑军事，初至长揖曰：“天子遣我参卿军事。”陶渊明曰：“我醉欲眠，卿且去矣。”如此之类甚众。隋以来不复卿称，惟人主呼其臣则卿之，分上下定矣。

秦汉时人自称犹曰“臣”，天子呼公卿亦曰“君”，后则不然，惟对君则称臣。然今之人呼他人犹曰“某君”云者，以君之称加于人非不恭也。今世人见称“公”则以为重己，称为“君”则为轻己，不知何谓？

古人有曰“仆”、曰“走”者，称谦逊也。夫自况曰“仆”，非不卑也。称人曰“君”，又称云“足下”，非不恭也。常观唐贤如韩退之，凡与人书，遇尊者则曰“阁下”，与在下者多云“某君足下”，而又自称曰“仆”。以退之之才识，所言宜不苟者，岂习俗之变不能易耶？

旧制，凡入两府许荐馆职、试出身、任监司者各一员。枢相王公德用自圃田复召入长宥密，有干荐馆职者，王曰：“以君进士登科，所荐应合格矣；然某武人素不阅书，若奉荐则色叫矣。”世以为知言。盖今人以事理不相当为“色叫”。

学　术

大舜有大焉，善与人同。禹闻善言则拜。子路人告之以有过则喜。夫充季路喜过之心则可以为禹，充禹拜言之心则可以为舜，圣人何远哉，善充其所为而已矣。

荀卿子曰：“人之性恶，其善者伪也。”故常以谓礼义出于圣人之伪，能伪然后能为圣人，能为君子。呜呼！卿所论以治人者，独曰礼义，是以伪教人也。又使知性之本恶，若恬于性而耻乎学伪则奈何？是祸天下之言也。至于非十二子，则子思、孟轲在焉。此韩愈氏醇疵之辨与？然可谓大疵小醇也。

庄周号为达观，故能齐万物，一死生，至于妻亡则鼓盆而歌。夫哀乐均出于七情，周未能亡情，强歌以遣之，其累一也，奚为是纷纷与？扬子云云：“荡而不法。”信知言哉。

欧阳文忠公《答李翊论性书》：“性非学者之所急，而圣人之所罕言也。”“或因而及焉，非为性而言也。”文忠虽有是说，然大约谨所习与所惑及率之者,以孟、荀、扬之说皆为不悖,此其大略也。临邛计都官用章谓予曰:"性,学者之所当先,圣人之所致言。吾知永叔卒贻后世之诮者,其在此书矣。"

予幼时,先君日课,令诵《文选》,甚苦其词与字难通也。先君因曰:"我见小宋说:手钞《文选》三过,方见佳处。汝等安得不诵?"由是知前辈名公为学,大率如此。

集贤张君房,字尹方,壮始从学,速游场屋,甚有时名。登第时年已四十余,以校道书得馆职。后知随、郢、信阳三郡。年六十三分司,归安陆。年六十九致仕。尝撰《乘异记》三编,《科名分定录》七卷,《儆戒会最》五十事,《丽情集》十二卷,又《潮说》、《野语》各三篇,洎退居,又撰《脞说》二十卷。年七十六仍著诗赋杂文,其子百药尝纂为《庆历集》三十卷。予惟《会最》、《丽情》外,昔尝见之。富哉,所闻也!

令狐先生尝读书万卷,自有《万卷录》,余尝见之,乃知先生于世间书无所不见。先生所著《易说精义》、《晋年统纬》、《世惚乐要注》、《默书》、《谗髓》、《琴谱》、《兵途要辖》,余为儿童时,先君令暴书,见《世惚》、《统纬》等书,后又从同堂兄声伯芑假所传《易说》、《琴谱》、《谗髓》以观焉,余访诸里人,盖鲜有知者。

经　　义

《书》之为书也,本诸君臣而已,然治内之政存焉。《诗》之为诗也,本诸夫妇而已,然治外之事备焉。周之兴也,始于太任、太姒而已。《诗》曰:"太姒嗣徽音。"又曰:"文王刑于寡妻,至于兄弟,以御于家邦。"及其亡也,灭于褒姒而已。《诗》曰:"乱匪降自天,生自妇人。"又曰:"赫赫宗周,褒姒灭之。"方后妃之贤也,莫不知臣下之勤劳,求贤审官,如此而已。方艳妻之煽也,上自卿士司徒,下至于宰膳趣马,皆其党也。呜呼,治乱之来,可不察哉!

厉王之诗无《小雅》,何也?曰:以监谤而民不敢作也。何以知之?今《大雅》所载四篇而已,皆凡伯、召穆、卫武、芮伯之作也,当是时诗未亡也,民畏监谤不敢作故也。

《诗》多识鸟兽草木之名者也，然花不及杏，果不及梨、橘，草不及蕙，木不及槐。《易》之象近取诸身，爻词说卦罔不该矣，而独不言眉与领。

传曰："政有小大，故有小雅焉，有大雅焉。"是则二雅见王政之序也。幽王之时，小雅尽废，则四夷交侵，中国微矣。当是时也，女谒内盛，谗邪外兴，政教不行，先王之泽几息。故予观《宾之初筵》、《匏叶》作则《鹿鸣》废矣，《頍弁》、《角弓》作则《棠棣》废矣，《谷风》作则《伐木》废矣，《桑扈》作则《天保》废矣，《渐渐之石》、《何草不黄》作则《采薇》、《出车》、《杕杜》废矣，《无将大车》作则《南有嘉鱼》废矣，《隰桑》作则《南山有台》废矣，《鸳鸯》作则《由庚》废矣，《鱼藻》作则《由仪》废矣，《采菽》作则《湛露》废矣，《黍苗》作则《蓼萧》废矣，《瞻彼洛矣》作则《彤弓》废矣，《苕之华》作则《六月》、《采芑》废矣，《大田》作则《鸿雁》废矣，《蓼莪》、《北山》作则《南陔》废矣，《楚茨》作则《华黍》废矣。若厉王则尤变其大者，故予观《民劳》作则《公刘》、《灵台》废矣，《桑柔》作则《行苇》废矣，《瞻卬》作则《绵》、《文王有声》废矣，《召旻》作则《棫朴》、《卷阿》废矣。孟子曰："王者之迹熄而诗亡。"予于幽、厉见之，文武先王之遗烈盖扫地矣。

世之说《诗》者，以序子夏所为，盖始于毛公耳。班固《汉书》曰"晚有毛公者，自以为子夏所传，河间王好之，未得立"是也。则子夏序《诗》独出于毛公而已。后汉卫宏亦以为子夏序，盖袭毛说耳。毛承秦火之余，去古道为近，必有所本，但今无以考焉。或曰：孔子言商、赐可与言《诗》，于子夏独曰："起予者，商也。"是说者之所本欤？予以为序非出于子夏，且圣人删次《风》、《雅》、《颂》，其所题曰美、曰刺、曰闵、曰恶、曰规、曰诲、曰诱、曰惧之类，盖出于孔子，非门弟子之所能与也。然若"《关雎》，后妃之德也"，"《葛覃》，后妃之本也"，此一句孔子所题，其下乃毛公发明之言耳。详于逐篇，自可以见。何以知之？六篇之下云"有其义而亡其词"，康成以为出于毛公之言，此可以知矣。故《诗》序止存一句者，若《召南》则《草虫》，《邶风·燕燕》及《式微》，《王》之《采葛》，《桧》之《素冠》，《小雅·出车》、《杕杜》等二十九篇，《大雅·文王》、《大明》等一十篇，《周颂·维清》等二十五篇，

《鲁颂·有驷》、《泮水》、《閟宫》三篇,《商颂·烈祖》、《玄鸟》、《长发》、《商武》四篇,皆止于元题一句,盖非孔子不能作也。其余篇序,察其文势,反复相明,自是二公之作明矣。抑予见于史传齐鲁解《诗》以《关雎》本于衽席,又曰:"佩玉不鸣,《关雎》刺之。"若《韩诗》则以《汝坟》为思亲之诗,三家者盖皆不得孔子真,独毛公得之,其自以为子夏所传,必有传受之自,惜乎,世远莫得而见也。

《野有死麕》之诗曰:"舒而脱脱兮,无感我帨兮,无使尨也吠。"妇人服饰独言帨何也?曰:按《内则》注云,帨,盖妇人拭物之巾也。故居则设于门右,佩则分之于左,常以自洁之用也。古者女子嫁,则母结帨而戒之。皇甫谧《女怨诗》曰"婚礼临成,施衿结帨,三命丁宁"是也。

《易》卦,阳爻称九,阴爻称六。孔颖达以谓九为老阳,七为少阳,进阳之道也;六为老阴,八为少阴,逆阴之谓也。此乃不然。夫大衍不虚一,则四十九数不可用,惟用四十九揲之,则七八九六之数。故以纯者为老,九六得纯数;以杂者为少,七八得杂数,此自然之理也。

唐李翱作《易诠》,论八卦之性,古今说《易》者未尝及。自古小人在上,最为难去,盖得位得权,而势不能摇夺,以四凶尚历尧至舜,而后能去。尝玩《易》之《夬》,夬,一阴在上,五阳并进,以刚决柔,宜若易然,然爻辞俱险而不肆,盖一小人在上,故彖曰"刚长乃终"是也。

道生一,一生二,二生三,三生万物,故自道而下数至于三,则天地人之道备矣。圣人画卦始止于三,谓三才之道,因而重之,乃可以观变。予观重卦之内,至于三位则有小成变革之理,如乾之九四,则曰"乾道乃革",革之九三,曰"革言三就"是也。推此而知其变,则可以思过半矣。

泰山孙明复先生治《春秋》,著《尊王发微》,大得圣人之微旨,学者多宗之。以为凡经所书皆变古乱常则书之,故曰"《春秋》无褒",盖与榖梁氏所谓"常事不书"之义同。

临邛都官外郎计用章博学,著书有《迁遗希通》二编,尤专于《左氏春秋》,以为凡传所称礼也者,非礼之经,乃礼之变也。方春秋时当舍经而用变,以权宜从事,盖左氏亲受于圣人者如此。密学陈襄尝有书辨其非是云。

诗　话

　　梁钟嵘作《诗评》，掎摭本根，总核华实，收昭明之所遗，可谓至矣。其序云："夏歌曰'郁陶乎余心'，楚词曰'名余曰正则'，虽诗体未全，然略是五言之滥觞。"予以为不然。《虞书》载赓歌之词曰："元首丛脞哉。"至周《诗》三百篇，其五字甚多，不可悉举，如《行露》曰："谁谓雀无角，何以穿我屋？谁谓汝无家，何以速我狱？"《小旻》曰："匪先民是程，匪大犹是经，惟迩言是听，惟迩言是争。"至于《北山》之篇，其下三章率皆五字，又《十亩之间》则全篇五字耳，然则始于虞，衍于周，逮汉专为全体矣。

　　刘氏《传记》载炀帝既诛薛道衡，乃云："尚能道'空梁落燕泥'否？"盖道衡诗尝有是句。《杨文公谈苑》载诗僧希昼《北宫书亭》诗云："花露盈虫穴，梁尘堕燕泥。"予以为炼句虽工，而致思不逮薛也。

　　杜审言，子美祖父也。则天时以诗擅名，与宋之问倡和有"雾绾青条弱，风牵紫蔓长"。又"寄语洛城风与月，明年春色倍还人"。子美"林花著雨胭脂落，杨作"润"。水荇牵风翠带长"。又云"传语风光共流转，暂时相赏莫相违"。虽不袭取其意，而语脉盖有家风矣。

　　杜子美善于用事，及常语多离析，或倒句，则语峻而体健，意亦深稳，如"露从今夜白，月是故乡明"是也。白乐天工于对属，寄元微之曰："白头吟处变，青眼望中穿。"然不若杜云"别来头并白，相见眼终青"尤佳。

　　古善诗者，善用人语，浑然若己出，唯李杜。颜延年《赭白马赋》曰："旦刷幽燕，夕秣荆越。"子美《骢马行》曰："昼洗须腾泾渭深，夕趋可刷幽并夜。"太白《天马歌》曰："鸡鸣刷燕晡秣越。"皆出于颜赋也。退之曰："李杜文章在，光焰万丈长。"信哉！

　　《庄子》曰："鹏之徙南溟也，抟扶摇而上者九万里，去以六月息者也。"《尔雅》释风上下曰扶摇。老杜下峡诗曰："五云高太甲，六月旷抟扶。"恐别有出。

《逸史》载唐李适之罢相诗云："避贤初罢相，乐圣且衔杯，试问门前客，今朝几个来？"适之，饮中八仙之一也。子美诗曰："左相日兴费万钱，饮如长鲸吸百川，衔杯乐圣称避贤。"盖用其诗也。

白傅自九江赴忠州，过江夏，有与卢侍御于黄鹤楼宴罢同望诗曰："白花浪溅头陀寺，红叶林笼鹦鹉洲。"句则美矣，然头陀寺在郡城之东绝顶处，西去大江最远，风涛虽恶，何由及之？或曰："甚之之辞，如'峻极于天'之谓也。"予以谓世称子美为诗史，盖实录也。

《说文》以琼为赤玉，比见人咏白物多用之。韩愈雪诗曰："若非烊鹄鹭，定是屑琼瑰。"又："马蹄踏作琼瑶迹，为有诗仙凤沼来。"将别有所稽邪，岂用之不审也？

僧赞宁为《笋谱》甚详，掎摭古人诗咏，自梁元帝至唐杨师道，皆诗中言及笋者，虽孟蜀时学士徐光溥等二人绝句亦收之，可谓勤笃，然未尽也。如退之《和侯协律咏笋二十六韵》不收何耶？岂宁忿其排释氏而私怀去取与，抑文公集当时未出乎？不可知也。

郑工部文宝将漕陕西，经画灵武，后谪监郢州京山县税，过信阳军白雪驿作绝句，久而湮没，莫有知者。先君皇祐间尉是邑，重书于碑，后亦亡。郢刊工部诗集亦无之。曰："得罪前朝出粉闱，五原功业有谁知？年余放逐无人识，白雪关头一望时。"

工部在京山又有《寒食日经秀上人房》诗云："花时懒看花，来访野僧家，劳师击新火，劝我雨前茶。"其诗篆书刻石，在县多宝寺中。甘棠魏野亦有诗云："城里争看城外花，独来城里访僧家，辛勤旋觅新钻火，为我亲烹岳麓茶。"盖诗人写杨作"寓"。兴多同。

仁宗嘉祐末宴群臣，赋赏花钓鱼诗，群臣奉和。丞相韩魏公诗云："轻云阁雨迎天仗，寒色留春送寿杯。"唐罗邺诗云："春排北极迎仙驭，日捧南山入寿杯。"

郑武仲侍郎尝从刘宾学，宾有父尤善于诗，尝云："人从别浦经年去，天向平芜尽眼低。"郑诗有："江横塞外悠悠去，天落秋边处处低。"语句惊人，出于蓝矣。

庆历间，宋景文诸公在馆尝评唐人之诗云："太白仙才，长吉鬼才。"其余不尽记也。然长吉才力奔放，不惊众绝俗不下笔，有《雁门太守》诗曰：“黑云压城城欲摧，甲光射日金鳞开。”王安石曰：“是儿言不相副也。方黑云如此，安得向日之甲光乎？”

王安石作《桃源行》云：“望夷宫中鹿为马，秦人半死长城下，避世不独商山翁，亦有桃源种桃者。”词意清拔，高出古人。议者谓二世致斋望夷宫在鹿马之后，又长城之役在始皇时，似未尽善。或曰概言秦乱而已，不以辞害意也。

荆公集李、杜、韩吏部洎本朝欧阳文忠公歌诗，谓之《四选集》，王萃乐道谓予曰：“然不取韩公《符读书城南》何也？”予曰：“是诗教子以取富贵，宜荆公之不取也。‘有子贤与愚，何其挂怀抱’，渊明犹不免子美之讥，况示以取富贵哉！”乐道以为然。

闽中鲜食最珍者，所谓子鱼者也。长七八寸，阔二三寸许，剖之子满腹，冬月正其佳时，莆田迎仙镇乃其出处。予按部过之，驿左有祠，谓之“通应祠”，下有水曰“通应溪”，潮汐上下，土人以咸淡水不相入处鱼最美。比见士人诗多曰“通印”。安石《送元厚之知福州》诗曰：“长鱼俎上通三印，新茗斋中试一旗。”闽人谓茶芽未展为枪，展则为旗，至二旗则老矣。

王铚性之尝为予言曰：“王荆公尝集四家诗，蔡天启尝问何为下太白，安石曰：‘才高而识卑，其中言酒色盖什八九。’”

鼎州武陵县北二十里有甘泉寺，行人多谒焉。寇莱公往雷州，凡题三十字曰：“庚申年秋九月，平仲南行至甘泉院，僧以诗板示予，征途不暇吟咏，代记年月。”后丁晋公谪朱崖，过寺题云：“翠影疏疏度，波光瑟瑟凝。帝家金掌露，仙府玉壶冰。晓钵侵星汲，宵厨向月澄。岂惟蠲肺渴，灌顶助三乘。”因而至寺者多所赋咏，如殿中丞范讽诗云：“平仲酌泉曾顿辔，谓之礼佛向南行。山堂下瞰炎蒸路，转使高僧薄宠荣。”又刑部郎中崔绎诗云：“二相南行至道初，记名留咏在精庐。甘泉不洗天涯恨，留与行人鉴覆车。”可谓言婉而意达矣。

穆伯长为《巨盗》诗，斥故相丁谓也。予因举于史骧思远，思远曰：“此于伯长之道有累矣。”

令狐先生曰：“唐白傅以丞相李德裕贬崖州为三绝句，便不免世人訾毁。”予以为《诗》三百皆出圣贤发愤而为，又何伤哉？后尝语于客，会安陆令李楚老翘叟在坐上，曰："非白公之诗也。白公卒于李贬之前。"予因按《唐史》，会昌六年白公卒，是岁宣宗即位，明年改元大中，又明年李贬，盖当时疾李者托名为之，附于集。诗曰："乐天尝任苏州日，要勒须教用礼仪。从此结成千万恨，今朝果中白家诗。""昨夜新生黄雀儿，飞来直上紫藤枝。摆头撼脑花园里，将为春光总属伊。""田园不解栽桃李，满地惟闻种蒺藜。万里崖州君自去，临行怊怅欲冤谁？"予观其词意鄙浅，白为杂律诗讥世人，故人得以轻效之。

慈圣光献皇后以元丰庚申十月二十日上仙，是夕，永裕召执政近臣入侍圣容。其年春，上幸西池，慈圣以珠盘覆马鞍遗上，上自池乘以归。慈圣好植花，多乘小辇游苑中，上常扶侍之。所居殿曰"庆寿"，在福宁之东，是夜毁香阁垣为百官入听遗告。庭中有二小亭，金书牌曰"赏蟠桃"、"赏大椿"。明年三月，将奉山陵，诏百官各进挽词二首。故相王珪曰："谁知老臣泪，曾泣见珠襦。"王存时为从官，曰："珠韝锡御恩犹在，玉辇亲扶事已空。"予亦例进曰："春风三月暮，寂寞大椿庭。"百官有云东朝，盖斥庆寿也。

永叔《早朝》诗曰："月在苍龙阙角西。"甚美。然予按汉之四阙，南曰"朱雀"，北曰"玄武"，东曰"苍龙"，西曰"白虎"。今永叔诗意，盖以当前门阙状苍龙，故云月在西也，盖不用汉阙耳。

南丰曾阜子山尝宰蕲之黄梅，数十里有乌牙山甚高，而上有僧舍，堂宇宏壮，梁间见小诗曰李太白也："夜宿乌牙寺，举手扪星辰。不敢高声语，恐惊天上人。布衣李白。"但不知其是太白所书耶？取其牌归于丞相吴正宪公。李集中无之，如安陆石岩寺诗亦不载。

权文公多用州县、日辰之类为诗，近见人亦有为药名诗者，如诃子、缩砂等语，不惟直致，兼是假借，大不工耳。里人史思远善诗，用药名则析而用之，如《夜坐》句曰："坐来夜半天河转，挑尽寒灯心自知。"此乃鲁望离合格也。思远幼孤，从令狐先生学诗，有唐人风格。《赠惠秀》云："坐禅猿鸟看，谈《易》鬼神听。"又《题朱氏园》云："花分先后留春久，地带东南见月多。"故寿阳朱炎节判尝赠诗曰："古人不到处，吾子独留心。"

吾友顿隆师尝言："颜延年《五君咏》，至《阮始平》曰：'屡荐不入官,一麾乃出守。'麾,去也,咸为山涛麾出。杜牧之'欲把一麾江上去',即旌也,盖误矣。"余以为麾即毛也,子美亦有"持旌麾"之句,杜牧不合用"一麾"耳。

朱元瑜长官好为诗。予少时闻人诵:"嚼梅香袭齿,攀柳绿藏巾。"予欲纂乡人诗,怅无朱诗。廖献卿大夫谓予曰:"某少尝同笔研,得其诗二百余篇,当录以奉寄。"献卿别未几,不幸早卒。自予还里,屡访诸廖,所谓朱令诗者,卒莫得之。

世言七言诗肇于柏梁,而盛于建安。考之,岂独柏梁哉?《鄘风》曰:"送我乎淇之上矣。"《王风》曰:"知我者谓我心忧。"《郑风》曰:"还予授子之粲兮。"《齐风》曰:"遭我乎猇之间兮。"又曰:"尚之以琼华乎而。"《魏风》曰:"胡取禾三百廛兮。"《豳风》曰:"二之日凿冰冲冲,三之日纳于凌阴。"《小雅》曰:"以燕乐嘉宾之心。"又曰:"如彼筑室于道谋。"《大雅》曰:"维昔之富不如时,维今之疚不如兹。""昔也日辟国百里,今也日蹙国百里。"《颂》曰:"学有缉熙于光明。"又曰:"予其惩而毖后患。""仪式刑文王之典。"又曰:"自今以始岁其有,君子有谷贻孙子。"楚狂接舆歌曰:"今之从政者殆而。"项籍歌曰:"力拔山兮气盖世,时不利兮骓不逝。"汉高歌曰:"大风起兮云飞扬。"皆七字之滥觞也,然则柏梁之作亦有所祖袭矣。唐刘存乃以"交交黄鸟,止于棘"为七言之始,盖合两句以言,误也。

予熙宁初调官,泊报慈寺,同院阳翟徐秀才出其父屯田忘名所为诗,见其清苦平淡,有古人风致,不能传钞。其《过杜工部坟》一诗云:"水与汨罗接,天心深有存。远移工部死,来伴大夫魂。流落同千古,《风》《骚》共一源。江山不受吊,寒日下西原。"

唐元微之"何处春深好"二十篇,用家、花、车、斜韵,梦得亦和焉,予亦和之寄黄云叟,以书古人用韵未尽。知白乐天"春深贫贱家,荒凉三径草,冷落四邻花",又如"妻愁出赁车"之语,乌足称哉?

张颂公美,颍昌人,举进士不第,尝馆于吾家义方斋。畏谨自律,读书外口不及他事,然好吟诗,曰:"人散秋千闲挂月,露零蝴蝶冷眠风。"全不类其为人。尝咏唐君臣得失之迹与其治乱之辨,可为世鉴者凡百篇。元丰末,至京师欲上之;会永裕不豫,囊其书归。有志而不达,惜哉!

予弟光辅邻臣,郡以经行应诏,元祐丁卯赐第。归未几,因出坠马伤甚,十一日而卒,年四十八。王公亮明道挽词曰:"足谷医还验,占桑梦亦灵。"众咸推服。

论　　文

《楚词·招魂·大招》,其末盛称洞房翠帷之饰,美颜秀领之列,琼浆藏羹之烹,新歌郑卫之娱,日夜沈湎与象棋六博之乐,夫所以訾楚者深矣。其卒云:"魂兮归来,正始昆只。"言往者既不可以正,尚或以解其后耳。又曰:"赏罚当只","尚贤士只","国家为只","尚三王只"。皆思其来而反其政者也。

王羲之《兰亭三日序》,世言昭明不以入选者,以其"天朗气清"。或曰《楚词》"秋之为气也,天高而气清",似非清明之时。然管弦丝竹之病语衍而复,为逸少之累矣。

梁任昉集秦汉以来文章名之始,目曰《文章缘起》,自"诗"、"赋"、"离骚"至于"艺"、"约"八十五题,可谓博矣。既载相如《喻蜀》,不录扬雄《剧秦》,录《解嘲》而不收韩非《说难》,取刘向《列女传》赞而遗陈寿《三国志》评。至韩、柳、元结、孙樵又作"原",如《原道》、《原性》之类;又作"读",如《读仪礼》、《读鹖冠》之类;又作"书",如《书段太尉逸事》;"讼",如《讼风伯》;"订",如"订乐"等篇。呜呼,文之体可谓极矣!今略疏之,续彦昇之志也。

任昉以三言诗起晋夏侯湛,唐刘存以为始于"鹭于飞,醉言归"。任以颂起汉之王褒,刘以始于周公《时迈》。任以檄起汉陈琳檄曹操,刘以始于张仪檄楚。任以碑起于汉惠帝作《四皓碑》,刘以《管子》谓无怀氏封太山刻石纪功为碑。任以铭起于始皇登会稽山,刘以蔡邕《铭论》"黄帝有金几之铭"其始也。若此者尚十余条,或讨其事名之因,或具成篇而论,虽有不同,然不害其多闻之益。

《颜氏家训》亦足以为良,至论文章以游、夏、孟、荀、枚乘、张衡、左思为狂,而又诋讦子云,杨本云"而又崇尚释氏"。吾不取焉。

李善注《文选》最为该洽，然潘岳《闲居赋》曰："周文弱枝之枣，房陵朱仲之李。"善以"周文"、"房陵"未详。予尝读王子年《拾遗》曰："北极有岐峰之阴，多枣木百寻，其枝茎皆空，其实长尺，核细而柔，百岁一实。"夫岐乃周文所居，又枣枝茎皆空，核细而柔。任昉《述异志》曰："房陵定山有朱仲李园三十六所。"李尤《果赋》云"三十六园朱李"是也。由是知岳赋所用盖出此。

吴兴姚铉集唐人所为古赋、乐章、歌诗、赞颂、碑铭、文论、箴表、传录、书序凡百卷，名《文粹》。予在开封时，长子渝游相国寺，得唐漳州刺史《张登文集》一册六卷，权文公为之序，其略曰："所著诗赋之外，书启、志记、序述、铭诔合为一百二十篇。"又曰："如《求居》、《寄别》、《怀人》三赋与《证相》一篇，意有所激，锵然玉振，傥有继梁昭明之为者，斯不可遗者也。"然所得书肆镂板才六十六篇，盖已亡其半。抑观《文粹》并不编载，由是知姚亦有未见者。予续《文粹》之外，登之文，以至金石所传，哀而录之，以广前集。今病矣，不酬其志。

唐柳冕尝言文章当以气为主，而世以为赋者，古诗之流，亦足以观其志。如王沂公作状元，殿试《有物混成赋》其间曰："得我之小者，散而为草木；得我之大者，聚而为山川。"此有陶镕品物之度，后果为相。范文正赋《金在镕》曰："若令区别妍媸，愿为轩鉴；傥使削平祸乱，请就干将。"人以为有出将入相之器，果为名臣。

里人传宋景文未第时，为学于永阳僧舍，连处士因问曰："君好读何书？"答曰："予最好《大诰》。"故景文率多谨严，至修《唐书》，其言艰，其思苦，盖亦有所自欤！

宋景文公始独撰史，岁月虽久而书盖将成，后文忠公分撰纪、志，今与景文所撰列传共行于世是也。然景文亦自撰《唐纪》与《志》，家藏其稿，世莫得见。

范蜀公既谢事家居，亦著《东斋纪事》，大意已见序说。

王勃《滕王阁序》世以为精绝，曰："落霞与孤鹜齐飞，秋水共长天一色。"予以为唐初缀文尚袭南朝徐庾体，故骆宾王亦有如此等句。庾子山《三月三日华林园马射赋》序云："落花与芝盖齐飞，杨柳共春旗一色。"则知勃文盖出于此。

李觏泰伯临川人,以文学名于时,晚年著《李氏常语》,大斥孟子,以为教诸侯叛。若孔子犹不免庄周之论,况孟子哉!

嘉祐中,海南贡一角兽,高大如吴牛,身皆肉鳞,傍置一羊,每击其羊闻其声,则方饮龁,彼盖以麒麟进也。神文目为异兽,然世谓"山犀"。士有赋麒麟者,以示郑獬内相,其词曰:"挺一角于额上。"毅夫谓予曰:"此正如班固书张苍晚年口中无齿也。"

碑　碣

安陆之东三十里乃唐许氏之茔域,俗谓之"相公林",旧有《孝昌公碑》,高六七尺,阔三尺余,白石也。吾闻石白者不泐,村民辄异之,或遇水旱则就祷焉。治平中,县令张墩言于太守周君燮,且以为玉碑,輂而示之,非玉也,委乡校之南庑。已而有欲用者,方磨去十余字,会郑獬以内相还里卜葬,遽止之,得不尽灭其文字。后余游宦归,见其碑悉为人磨治,惟其额有书"大唐孝昌公许君墓碑"九字,甚恨无墨本以藏。亲友朱义叔见予屡叹,乃出一本以遗予,所存者序四百字、铭二百六十八字耳。文多缺落,于序为甚,其可读者有曰:"先王宅土,秩懿亲而建侯;我后得人,均关河而作牧。七年入朝,加授大中大夫、使持节、冀州刺史云云。履直道于朱绳,昭全形于白璧。抑贪竞之俗,恩浃二天;屏权右之门,威如重燎。"又曰:"行趋露冕之襜,坐列交衢之棘。二年有诏,追迁太仆少卿。"又曰:"长史公以仪凤三年正月日薨于汾州之官舍,春秋六十有二。"又曰:"嗣孙崇艺,易州司马、互回军使,英姿外发,灵鉴内融。"又曰:"趋毅梓之乡关,用摽幽陇。何止韦孟之光绪祖德,垂裕后昆;刘宽之传芳故吏,式昭往烈。崇艺、崇述、崇烈云云。铭曰:炎图括地,姜派疏天。融斥孕火,太岳飞烟。缉诣帝若,业冠象贤。颍滏涵珍,箕山韫宝。仪刑邦干,经纶天造。华阳启国,襄城访道。汉剑舒莲,周珪映藻。运移赤野,威怀楚望。八翼飞止,三刀集贶。英蕤早举,仁风晚畅。丹水擢图,黄星昭亮。恩狎圣齿,绩参龙跃。锦旆云道,实享天爵。青蒲奏绩,赤野驰英。陆刬神兕,水斫奔鲸。闽区恩暴,夏口先鸣。晋俗康皁,轩辔澄清。金根按禁，讦谟鹤省。兰锜昼严，钩陈夜警。军容甚泰，土功载靖。地轴东距，天津南渡。狼望云云。"得臣按《唐书》许绍唐初为峡州刺史，封安陆郡公，以破萧铣功，擢其子智仁为温州刺史。智仁初以勋封孝昌县公，绍卒，继守夷陵，终凉州都督。用是考之，此碑乃智仁之墓碑也。

郝处俊，安陆人也。相唐高宗，尝为中书侍郎。既终，葬于州西南三十里。庆历中，太守校理孙公甫之翰尝命令狐子先为文，将镵石立于涢津之侧以表之。会温成张氏方以修媛宠贵，之翰畏谗，终不立，议者或讥其太忌。元丰中，滕甫元发守是邦，将罢任，又为文刊石以遗安陆令，俾建诸道左。未几，故相清源公蔡确谪知州事，暇日有十绝云："矫矫名臣郝甑山，忠言直节上元间。钓台芜没知何处？叹息思公俯碧湾。"是时，宣仁圣烈皇后垂帘，坐是讪上，窜岭表以卒。其滕公所刊之石，今尚委于令廨之门。

治平中，予令岳州巴陵。州有岳阳楼，楼上有石，倒刻"谢仙火"三字。其序述庆历中，华容县一日晦冥震雷，已而殿柱有此。太守滕公宗谅子京问永州何仙姑，答以雷部中神，昆弟二人，并长三尺，铁笔书之。然予在江湖间，人多以仙为名，又其字类世所开者。孙载积中宰吴兴德清，新市镇觉海寺殿宇宏壮，其碑云皆唐时所建。巨材鬃漆，积久剥落，见倒书迹曰"谢均李约收利火"十余字，去地三二尺，以纸墨拓之，与岳阳字大小一同。积中因曰："夫伐木于山者，其火队既众，则各刻其名以为别耳。凡记木必刻于木本，营建法本在下，故倒书。"由是知仙姑之妄也。

岳阳西濒大江，夏秋洞庭水平，望与天际，而州步而舣舟之所，人甚病之。庆历间，滕子京谪守是邦，尝欲起巨堤以捍怒涛，使为郧楫之便，先名曰"偃虹堤"，求文于欧阳永叔，故述堤之利详且博矣。碑刻传于世甚多。治平末，予宰巴陵，首访是堤，郡人曰："滕未及作而去。"

予元祐丁卯假守唐州，唐时治今比阳县，后杨有"又"字。徙泌阳，今治是也。按开元间李适之尝为唐州刺史，既去，有德政碑，乃张九皋之文。九皋盖九龄弟。其碑先自比阳辇置今之都厅，予尝阅之，因求诸新旧史，皆不载适之为是州刺史，不知何也。适之，其字也，名适之，宗室之贤者也。

令狐先生既卒，门人史襄思远谒太子中允句谌信道铭其圹，又求屯曹外郎阮逸天隐为文以表之。天隐与令狐同年。福唐林逸书，襄阳孟逸篆额，史号为"三逸碑"。

书　　画

王右军书多不讲偏旁，此退之所谓"羲之俗书趁姿媚"者也。

武功苏泌进之，子美子也，任湖北运判，按行至鄂，予时守郡，苏出其曾王父国老所收杜牧之村舍门扉之墨迹，隐然突起，良可怪也。其所书曰："暮春因游明月峡，故留题。前雪糺史杜牧。从前闻说真仙景，今日追游始有因。满眼山川流水在，古来灵迹必通神。"国老云："杜罢牧吴兴，游长兴之明月峡，留字于村居门扉，至今二百年。予壬子岁宰乌程闻此说，托陈襄往彼得之。字体遒媚，隐出木间，真希世之墨宝也。"予按《唐史》牧之未尝为湖州。督邮，藩镇板授之官。予奉使闽部建安，北郊一吉祥寺前有轩，东楹之柱，庆历间蔡君谟题之，其字隐然而起，因思段成式说文身事，有得髑髅涅文墨入骨者，岂松煤所渍能然乎？

郭忠恕侨寓安陆，郡守求其画莫能得，因以缣属所馆之寺僧，时俟其饮酣请之。乃令浓为墨汁，悉以泼渍其上，亟携就涧水涤之，徐以笔随其浓淡为山水之形势。此与《封氏闻见》所说江南吴生画同，但彼尤怪耳。

辨　　误

《论语》：子路从夫子而后，遇荷蓧丈人，止子路宿，杀鸡为黍而食之。"见其二子焉"，此一句当在"至则行矣"之下，简编差误而然也。盖子路既不见其丈人，因告二子以"不仕无义"云云也，不然，岂无人而与言哉？

《孟子》最为全书，然"滕文公问为国"此篇疑有简策之误，盖与"毕战问井地"参杂而然也。若"夏后氏五十而贡，商人七十而助，周人百亩而彻"当与"国中什一使自赋"为相比，若《诗》云：雨我公田"至"虽周亦助也"当与"方里而井"至"所以别野人也"为相比，若"乡田同井"至"百姓亲睦"当与"设为庠序"至"小民亲于下"为相比，若"世禄滕固行之矣"当与"卿以下必有圭田"为相比，而其间察其文义，颇有脱略，使三代之法不得全见于后世，良可惜哉！

"陈相见孟子，道许行之言"云云，"从许子之道则市价不二"，"从"字上盖脱一"曰"字，读者可考而知也。匡章谓陈仲子为廉士，孟子曰：充仲子之操，蚓而后可。又曰："夫蚓上食槁壤，下饮黄泉。"继之曰："仲子所居之室，伯夷之所筑欤？"予以为"黄泉"字下当有脱句，子弟读焉，当详考之。

《荀子·仲尼篇》曰："可立而待也，可炊而僛也。"杨氏注云："炊与吹同，僛当作僵，可以气吹之则僵。"予以为非也。僛与竟同，炊乃爨也。以为危辱之事可立而待也，炊爨而尽，犹之所谓"一饷间"耳。

予守官洛中，闻伊阳熊耳山在洛河南去数十里，不知《禹贡》何以谓"导洛自熊耳"。君实曰："昔有兄子主簿虢州卢氏县，邑中自有熊耳山，正洛水所出也。"予因考《水经》云："洛水出京兆上洛县冢举山东北，过卢氏县南。"郦善长注云"洛出冢岭山，东北经获兴川，又东经熊耳山北。《禹贡》所谓'导洛自熊耳'，《博物志》曰'洛出熊耳'，盖开导其滞者"是也。按此即洛亦非正出于熊耳，盖禹始导于此尔。予按伊阳之熊耳，乃山同名者。更始败赤眉，积甲与熊耳齐者，即此山也，在洛矣。

《职方氏》：正南曰荆州，其川江、汉，其浸颍、湛。郑氏云："颍出阳城，宜属豫州，在此非也。"杜子春云："湛或为淮。"得臣按：郦善长《汝水注》云："湛水出犨县北，历鱼齿山下，为湛浦。《春秋》襄公十六年，晋伐楚，败绩，遂侵方城之外。今湛水之北有长阪，即湛水以名也。《周礼》：荆州，其浸颍、湛。郑玄未闻，盖偶有不照也。今考地则不乖其土，言水则有符经文矣。"

汝水又东南经定陵县，水右则滍水，左则沟水出矣，自定陵县北通颍水于襄城县镇，颍盛则南播，汝洪则北注。得臣以为九州之荆，乃今襄阳也，方城盖其北境矣。二水之泛溢，其浸则在荆，犹之江出于岷山，汉源于嶓冢，其川盛于楚也。

吴松江有洞庭山，韦苏州诗、皮陆唱和所言"洞庭"，及近时子美诗曰"笠泽鱼肥人脍玉，洞庭橘熟客分金"，皆在吴江矣。今岳州之南所谓"洞庭"者，即郦善长注《水经》云"洞庭之陂乃湘水，非江水"，盖斥此湖耳。比见岳州集古今题咏刻石龛于岳阳楼，如苏州皮、陆、子美之属皆在焉，乃知地志不可不考也。

竟陵荆渚间，缭汉江筑堤以障泛水，彼人谓堤曰"提"，说者以为自高氏据其地，俗避其姓所讳，故不曰"堤"尔。予尝疑其不然。比见李肇《国史补》乃云："今襄阳人呼堤为'提'，关中人呼稻为'讨'，皆讹谬所习也。"由是知讳姓之说为妄矣。

今郢州地名"石城"，乃晋石城戍也。予按宋武帝孝建元年分荆州之江夏、竟陵、武陵、天门，湘州之巴陵，江州之武昌，豫州之西阳七郡立郢州，治江夏。《南史》孝建以来称郢州者，即江夏也。今秦凤宪、校理张舜民芸叟先谪监郴州盐税，过鄂书与通判吴子勉厅壁诗云："但见石城多草木。"芸叟，邠人，博学有文，盖邠去鄂，秦楚之异，遂以鄂为今郢矣，其诗并录于此，曰："汀洲露白叶番黄，独上南楼写兴长。但见石城多草木，足知江夏有兴亡。朱弦只解悲流水，黄鹤犹能返故乡。莫道楚魂招不得，试将芜累过三湘。"

京师谓人神识不颖者呼曰"乾"。予因询一书生厥义云何，曰："乾，阳数，九九者不满足耳。"后予见扬子《方言》称齐人谓贼曰"虔"，因知"乾"乃"虔"。传曰："虔刘我边鄙。"盖贼杀之义也。然则世俗俚语多有所本，但不能究绎耳。

《吕氏春秋》曰：白圭新与惠子相见，惠子说之以强。惠子出，白圭告人曰："有新娶妇者，孺子操蕉火而巨，新妇曰：'蕉火太巨。'今惠子遇我尚新，其说我太甚者。"惠子闻之曰："何事比我于新妇乎？"按今之尊者斥卑者之妇曰"新妇"，卑对尊称其妻，及妇人凡自称者则亦然，则世人之语岂无所稽哉？而不学者辄易之曰"媳妇"，又曰"室妇"，不知何也？

凡言木之巨细者，始曰"拱把"，大曰"围"，引而增之曰"合抱"。盖拱把之间才数寸耳，围则尺也，合抱则五尺也。《庄子》曰"栎，社木，其大蔽牛，挈之百围"，疏云"以绳束之，围粗百尺"是也。今人以两手指合而环之，适周一尺。杜子美武侯庙柏诗云"霜皮溜雨四十围，黛色参天二千尺"。是大四丈。沈存中内翰云："四十围乃是径七尺，无乃太细长也。"然沈精于算数者，不知何法以准之。若径七尺，则围当二丈一尺。传曰："孔子身大十围。"夫以其大也，故记之。如沈之言，才今之三尺七寸有畸耳，何足以为异耶？周之尺当今之七寸五分。

陕州灵宝县之西有涧曰"洪溜"，自东南直注西北，入于河，平时可涉，遇涨湍暴下，不可以舟。予预修本州役书，洪溜涧水手四，然不知其名之因也。比见《水经》，云"按上洛有鸿胪围池，是水津渠沿注，故谓斯川为鸿胪涧"，于是知洪溜，语之讹也。

白兆山，最安陆之胜，处郡西三十里，颇多灵迹，中有楷师喦，世传楷师疏《维摩经》，有白气之异，山因得名，故赋咏之士未尝不为言。若令狐子先《请善先长老住白兆寺书》曰："高宗朝神，楷师作《维摩疏》于嵓下，感白气之兆，上属于天，因而得名。"亦习传闻，失之讨论也。《周书·于翼传》建德二年，出为安州总管，属大旱，湨水绝流。旧俗，亢阳祷白兆山祈雨，翼遣主簿祭之，即日注雨。用是知白兆之名旧矣。

安州应城县有五茄山，《寰宇记》与《图经》并作"茄"字，俗作"加"字，窃疑之。访居人，其山起于平地，袤可二里，高可数仞，无峰峦特起之势，皇甫子固谓予曰："'五'当作'伍'，伍盖楚之著姓，此山盖伍氏所居，当作伍家山，今亦有五落，五家聚落也。孝昌东北有大伍山、小伍山，《寰宇记》以为两山叠嶂，远望若行伍然，恐亦俗传也。"

予使闽，自江西之建昌遂抵昭武，乃隶闽部。其所谓飞猿岭者，昭武之西北境也。过是岭即至于峭石铺，尝按谢灵运诗云："朝发悲猿峤，暮宿落消石。"谓其山高，石落而消也。今为飞猿、峭石，盖岁久俗传之讹耳。

世多言唐以张万岁久任牧马之政，故圉人辈辨马之老小，不曰岁，而以齿目之，盖避万岁名也。夫岂然哉？按《周礼》"马质"云："书其齿毛与其价。"又《曲礼》曰："齿路马者有诛。"《穀梁》曰："晋献公以屈产之乘假道于虞，荀息牵马曰：'齿加长矣。'"《战国策》曰："夫骥之齿至矣。"由是知自古言马岁必以齿，非自唐有所讳也。

《禹贡》曰："熊耳、外方、桐柏，至于陪尾。"孔安国云："淮出桐柏，经陪尾。"班固《地理志》亦具此，而颜师古乃曰："陪尾在安陆东北。"今按安陆郡石村之西，俗号为"横山"者，陪尾也，自在郡西北一舍之外。班固之言东北，误也。

杜子美《李潮八分歌》曰："苦县光和尚骨立，笔法瘦硬方通神。"按《神仙传》老子苦县濑乡人。又读《汉书》称桓帝梦见老子，命中常侍左悺于濑乡致祭，诏陈相边韶立祠兼刻石，即蔡邕书也。今考桓帝纪年乃建和，光和盖灵帝时年号，岂杜诗乃后人传写之误耶？或者以为今亳有太清残缺碑，犹有"光和"二字，又不知太清之名始于何代。兼谯去苦县尚两舍，即非边韶所刻石也。

子美《同谷七歌》曰："黄精无苗山雪盛，短衣数挽不掩胫。"或以黄精当作黄独，遂援《本草》芋魁注释以为证，此皆惑于多闻好奇之过也。《药录》云："黄精止饥。"杜以穷冬采此，无所获，必迁就黄独耶？又以山雪为春雪，此尤为乖谬。杜自十月发秦州，十一月至同谷，十二月一日离同谷入蜀，诗中历历可考，盖未尝涉春也。

世言子美卒于衡之耒阳，故《寰宇记》亦载其坟在县北二里，不知何缘得此？《唐新书》称耒阳令遗白酒牛肉，一夕而死。予观子美侨寄巴峡三岁，大历三年二月始下峡流寓荆南，徙泊公安，久之方次岳阳，即四年冬末也。既过洞庭，入长沙，乃五年之春。四月，遇臧玠之乱，仓皇往衡阳。至耒阳，舟中伏枕，又畏瘴，复沿湘而下，故有《回櫂》之作，末云："舟师烦尔送，朱夏及寒泉。"又《登舟将适汉阳》云："春色弃汝去，秋帆催客归。"盖《回櫂》在夏末，此篇已入秋矣。继之以《暮秋将归秦留别湖南幕府亲友》云："北归冲雨雪，谁悯弊貂裘？"则子美北还之迹见此三篇，安得卒于耒阳耶？要其卒当在潭、岳之间，秋、冬之际。按元微之《子美墓志》称子美孙嗣业启子美柩，襄祔事于偃师，途次于荆，拜余为志，辞不能绝。其系略曰：严武状为工部员外郎、参谋军事,旋又弃去,扁舟下荆楚,竟以寓卒,旅殡岳阳。近时故丞相吕公为《杜诗年谱》云:"大历五年辛亥,是年还襄汉,卒于岳阳。"以前诗及微之之志考之为不妄,但言是年夏,非也。

退之有《读皇甫湜公安园池诗书其后》,此篇常病难读,盖多脱漏。予亲家季勉之收永叔、王原叔、宋子京三公所传韩文,最为全本,悉多是正。于是知此篇乃脱八字,自"湜也困公安,不自闲",盖"闲"字下脱"其闲"二字;又"掎摭粪壤"下脱一"间"字,"间"字下又脱"粪壤多"三字;其后"岂有臧"字下脱"不臧"二字,读之者可以考焉。至于他诗亦多是正,此不悉也。

明　义

"可以死,可以无死,死伤勇"。人之于死也,何以知可不可哉?盖古之人视义以为去就耳。予尝曰:"死生之际,惟义所在,则义所以对死者也。"程伯淳闻而谓予曰:"义无对。"

卷下

姓　氏

谱牒不修也久矣。晋东渡，五胡乱中原，衣冠流离而致然也。夫京房之先姓李也，牛洪之先寮姓也，疏之后乃为束，是之后乃为氏。闽中人避王审知，而沈氏去水而姓尤；南中多危氏，有恶其称者，或改为元。如此类甚多。况元魏据洛，诸房喜中原之姓，择而冒之者益众，则谱不可以不知也。

古人凡著文集，其末多载系世次一篇，此亦子长、孟坚叙传之比也。在唐时尚多姓谱之学，今或罕言之。欧阳文忠公、苏洵明允各为世谱，文忠依《汉年表》，明允放《礼》，以大宗、小宗为次，虽例不同，皆足以考究其世次也。窃怪文忠以谓不知姓之所自，而昧昭穆之序，则禽兽不若也，其讥诃亦至矣；然欧阳氏得姓凡几年，其间文学之士盖亦多矣，文忠始为之谱，斯言恐未为得也。

古　器

应山平靖关之南，涧水盘纡，随山而行，忽一日暴雨，村民得小鼎于涧侧，铜为之，色如涂金，两耳三趾，趾皆空，中可受五升，甚轻。民言山肋有鼎痕十数，皆为水所漂，止得此耳。连庶君锡得之甚爱，以为华而不侈，质而不陋。后归永叔。

予友郭惟济君泽，居孝昌之青林。暑雨后，斜日射溪碛，焰有光，牧童掊取之，得一陶器，体圆，色白，中虚，径六七寸，一端隆起，下生轮郭，一端绕边列以齿，齿仍缺十六。以为枕也，不可用；忽得所安齿距地，酌水于轮郭间，隆起处可磨墨，甚良，方知古研容有陶者。君泽尝谓予曰："柳公权云：某州磁研为最佳。"予时年少，不能尽记，今追忆书之。

安陆石崈村耕夫得宿藏一镜，光明莹然，不为土所蚀，视之，可见十余里外草木人物。三人者互欲得之，遂破三段，犹照数里，不知何世物。

云梦县楚王城左右，人时得编钟、佩印、刀、斗、鼎、镜之属，不可胜纪。

风　俗

仕非为贫，有时为贫。今不然，为贫者多也。予初仕，闻仕宦者相与告语曰：某所有职田，某所供给厚，可仕也。后忝通籍，朝堂之论亦然，用是知为贫多也。

洛人凡花不曰花，独牡丹曰花。晋人凡果不言果，独林檎曰果，荆人橘亦曰果。

朱亥墓在都城南，过所谓四里桥之道，左旁有祠，垣宇甚全，木亦茂，呼为屠儿墓园。清明则众屠具酒肴祠之，出于人情也。

四方不同风，甚者，京师尤可笑。古者婚礼合卺，今也以双杯彩丝连足，夫妇传饮，谓之"交杯"。媒氏祝之，掷杯于地，验其俯仰，以为男女多寡之卜，媒即怀之而去。丧事，贫不能具服，则赁以衣之。家人之寡者，当其送终，即假倩媪妇，使服其服，同哭诸途，声甚凄惋，仍时自言曰："非预我事。"

闽中呼梯为陔，陔，阶之讹也；鞋为脚，脚，屐之讹也。

世言闽、蜀同风，孙光宪作《北梦琐言》以为不同，大略引蜀有不仕之类以为异。孙盖蜀人也，故主其乡风。今读书应举，为浮屠氏，并多于他所。一路虽不同，相逢则曰"乡人"，情好倍密。至于亲在堂，兄弟异爨，民间好蛊毒者，此其所同者，则知古语之传盖不虚耳。

闽中生子既多不举，其无后者则养他人子以为息，异日族人或出嫁女争讼其财无虚日。予漕本路，决其狱，日不下数人。夫杀己子至于后世狱讼不已，岂非天戒欤？

汶上多士族，有雌黄人物会于州吏茶肆，过者必有恶名以加之。

初但相顾举吻而已。在仕者到任三日，已得一名矣。号曰"猪嘴关"，推其巧能名者为关使，次有判官、干当公事。

奇　异

寇莱公贬死雷州，榇还洛阳，过荆之公安，民迎祭哭，插竹标纸钱，竹尽活成林，邦人神之，号"相公竹"。刘敞原父、王陶乐道各为文刻石志其事。

安陆有念佛鸟，小于鸲鹆，色青黑，常言一切诸佛。张齐贤相谪守郡日，作古诗二篇。元宪宋郊诗曰："鸟解佛经言。"予少时闻之，近时罕闻矣，岂夫造物亦有时耶？

盛　事

《国史补》载苗夫人，近代妇人无比。今晏夫人，丞相元献公之子、富郑公之室、冯太尉之外姑。马夫人，父尚书也，夫丞相、司空申公吕端也，四子长侍读，次枢密，次丞相、司空，次户部尚书。鲁夫人，父太师简肃公也，其舅吕申公也，夫丞相、司空也，子希纯中书舍人，婿翰林学士范祖禹也。

苏子容言："士大夫三世登科者盖有之，未有一朝者，独刘沆天圣八年，其子待制瑾皇祐五年，其孙俌治平元年，并及第，皆在仁宗朝。"安厚卿言："张文孝之孙保常锁厅不第，然应举时，家状内三代皆具庆，亦世所无也。"

世言国初史馆王丞相溥作相日在具庆下，安厚卿为枢密日亦然，盖继母也。

予里集贤张君房年六十三分司，六十九致仕；光禄卿张君靖年六十六致仕；其子朝请大夫琦任京东提刑，年六十九致仕：三人皆康宁无疾。

赵孝廉令時景觊言景祐元年同廖献卿赴试春闱，一日，献卿谓孝廉曰："某必不利于南宫，昨梦榜出，上有先人名氏。"景觊贺曰："献卿必登甲科继先君矣。"未几省榜出，献卿乃第十人。献卿名子孟，淳之长子也。淳天禧三年第十人及第。今校理君正一乃献卿第三子，元丰戊午国学第十人荐。三世之间，及第、过省、取解并同名次，亦世罕有也。

戒　　杀

予少时，季秋末于草际得一小蛱蝶，怪其非时，取视之，则毙于掌中，久则栩栩然飞去，盖其诈死以逃生也。

孝昌成若冲天益江行，岸际见小虾蟆无数，天益呼仆抱鸡令食，既而并无所见。天益去，虾蟆复跃入水。盖闻鸡声悉伏地不动，人莫见也。

鉴　　戒

李广之不侯，史氏以为杀已降，余谓非特此，其杀灞陵尉亦甚哉。广自抵阴谴，岂止不侯而已哉？至陵身臣虏而李氏夷灭，亦显报矣。

郑屯田建中其先本雍人，五季时徙家安陆，资镪巨万。城中居人多舍客也，每大雨过则载瓦以行，问有屋漏则补之；若舍客自为之屋，亦为缮补；又隆冬苦寒，镯舍缯仍月。屯田公晚得一子，即侍郎公纾也，登进士第，官至祠曹前行，职为理寺少列。侍郎有五子，长曰继中，皇祐元年登第，官至朝奉大夫。次即侍读公毅夫也，皇祐五年魁天下士，三子与孙皆任以官，不由选调，世禄不绝，阴施之报盖不诬矣。

王文正沂公仕章献朝，发晋公窜海上，天下称之。然卒以嗣子不蕃，暮年谓所知曰："予行己无慊而获此报，何邪？但一事有恨，初出守郓，为监司相轻，后秉政，迁除本官略无宁岁，竟死于道路，此必为报也。"

予同年黄靖国元弼刚正明决，初调蜀中主簿，亡其县名，令缺，摄县事。有巡卒宋贵嫚骂本官，众不忍闻，元弼械之，笞二百死。后十五年，元弼为沅州军事判官，治牒至宁州，暴卒，入冥与宋贵辨其事。元弼具陈嫚骂之语，冥官亦愤之，已而追阅案牍，语元弼曰："罪即当死，终是死不以法。"元弼复生。西州士人往往作传，亦多牴牾。予屡诘其本末，语及"死不以法"，斯言有理，可畏。

安陆医生宋氏视疾不问贫贱，仍载粟枣，乏者遗之。宋之子曰应，善论说，好驰骋上下，能冷热人，人多畏之。后为医博士，谒之者贫则绝，盖弗肯继矣。未六十，中风而卒。三子，长犯盗，流他所得还，卒于乡；次初学举进士，自放不返，日游市井间，因刺一妇人不著，坠井死；幼者终于冻馁。应之弟曰效，畏谨有常，年逾七十而亡，一孙习医自足。

真　伪

予闻洛中衣冠子弟不肖者，鬻祖诰与右宗大贾，冒以庇其族，比年闻安陆亦有，盖谱不明耳。

刘梦得《读张曲江集》诗，其序略曰：世称曲江为相，建言放臣不宜与善地。今读其文，自内职牧始安，有瘴疠之叹；自退相守荆门，有拘囚之思。嗟夫！身出于遐陬，一失意而不能堪，矧华人士族，必致丑地然后快意哉。议者以曲江识胡雏有反相，羞凡器与同列，密启廷诤，虽古哲人不及，而燕翼无嗣，终为馁鬼，岂忮心失恕，阴谪最大，虽二美莫赎耶？故其诗云："寂寞韶阳庙，魂归不见人。"按《唐书》，曲江有子拯，而不见其他子孙者。近有朝请张君唐辅来守安州，盖曲江人也，自称九龄十世孙。皇祐间，侬智高乱岭南，朝廷推恩，凡名举人者悉官之，无虑七百人，唐辅在其中。后稍迁至牧守，当涂诸公往往以名相之后称荐之。夫以梦得去曲江才五六十年，乃言"燕翼无嗣"，岂知数百年后有十世孙耶？岂梦得困于迁谪，有所激而言也？是皆不可知也。

山中人说猎者尝取麝粪日干之，每得麝裁四肘皮，剖脐香，杂干粪以实之；最大所谓"当门子"者，即预采飞虻，去首足翅，日干以用之，是一麝获五脐之利。虻之性不良可知也。医者司徒生尝言："市麝脐宜置诸怀中，以气温之，久而视之，手指按之柔软者真也，坚实者伪也。"

谗谤

蜀人龙昌期为《礼论》，以为周公《金縢》之请以代武王，盖其诈也。予谓方周公之时，近则王不知，远则四国流言，至于后世犹有仁智未尽之说，盖圣人诚为难知。呜呼！不如是不足以为周公。

元宪宋公始名郊，字伯庠，文价振天下。既入翰林，有诉于上者，以姓名于朝廷非便，神文乃间谕元宪，令易之，遂名"庠"字。一日因具奏札，先书"臣庠"，时李献臣为翰长，见奏指宋公名曰："此何人耶？"吏具以对。已而白宋，宋乃书一绝云："纸尾何劳问姓名，禁林依旧玷华缨。欲知《七略》称'臣向'，便是当年刘更生。"元宪既参大政，朝廷无事，庙堂之上日阅文史，今观《纪年通谱》、《杨文公谈苑》等序及《绎山碑》跋尾，亦知其略矣。元宪雍雍然有德之君子，后既登庸，天下承平日久，尤务清净无所作为，有为者病之。后为人言排诋，出知河南，改许及河阳，归京判都省，久之，卒于私第。公尝自谓时贤多以不才诮我，因为诗曰："我本无心士，终非济世才。虚舟人莫怒，疑虎石曾开。蛟负愁山重，葵倾喜日来。欲将嘲强解，真意转悠哉。"

张师正《倦游录》说颍上常夷甫处士自经而卒。王莘乐道奉议，颍人也，从学于常，具道处士得病而卒。师正进士及第后换西班官，至诸司使守郡，亦有才。此《倦游》乃襄汉间士人所为，托名以行。

占验

舜治天下，弹五弦琴而歌南风之诗，盖长养之音也。《诗》亦曰："凯风自南，吹彼棘心。"今解梁盛夏以池水入畦，谓之"种盐"，不得南风则盐不成，俗谓之"盐风"。荆湖间夏有大风，朝起夕止，连日如此，土人曰"飓风"，音"谅"，有则大旱，陂泽立涸，稻田多裂，又名"杓风"，如杓勺水也。

安陆地宜稻，春雨不足，则谓之"打干种"，盖人、牛、种子倍费。元符己卯大旱，岁暮，农夫告曰："来年又打干矣。"盖腊月牛骤泥中则然，明年果然。

京师槐放花盛，则多河鱼疾；北人荞麦熟，则早晚候霜降，罔有差焉。

江湖间人常于岁除汲江水秤，与元日又秤，重则大水。

《颜氏家训》曰：何名五更？曰：正月建寅，斗柄昏在寅中，晓则午中矣，历五辰也。更，历也。

予夜不寐，问直宿兵夜如何，曰：几更。明日问何以知，曰："每转更，则栖鸟多动。尝出戍，率多用是为验。"因遣人听戍鼓，皆然。

熙宁初，予为岳之巴陵令，春月忽天雨白毛，长二三尺许，取而焚之，臭如马鬃，是岁戊申也。然京房亦有占，上巳日蛙鸣则蚕善也。

安陆农视稻穗多者七八十粒，少者五六十粒，下有细白花丛出，若十花以上则米贵，花多则贱。

大观戊子仲夏，安陆雁自北而南，群燕委雏而去，不知何祥也。

戊子五月五日夏至，安陆老农相谓曰："夏至逢端午，家家卖男女。"秋稼不登，至冬艰食，果卖子以自给，至有委于路隅者。明年己丑大旱，人相食，弃子不可胜数。

传曰：玄鸟春分至，秋分去。故世言燕往来不见社。大观己丑仲春，社前数日燕已来。

语　　谶

前广西漕李朝奉湜，江宁人，言昔日内相叶清臣道卿守金陵，为《江南好》十阕，有云："丞相有才裨造化，圣皇宽诏养疏顽。赢取十年闲。"意以为虽补郡，不越十年必复任矣。去金陵十年而卒。

治平间，李尉广德，钱公辅君倚守郡，一日，召李登城亭，间及郡事简，得暇山川行乐，昔叶道卿云"赢得十年闲"，某止得五年亦足矣。自谓不越五年复入。至五年，钱卒。

予仲氏光辅元祐丁卯应诏，季道辅饯于郊，举光辅旧诗曰："仲舒窥圄三年废,东野看花一日多。"光辅笑曰:"我尚能为此语邪?"明年失意。会有诏:经行士未得黜落,具名以闻。于是有旨令与特奏名,唱名第一,赐同五经出身。予时自唐易守郏,待次,光辅荣归,为学尚不辍。八月末,为往州北视亡妻孙氏茔地,还次近郊,马逸而坠,内伤殊甚,十日而卒。"看花一日多"遂成其谶邪?

博 弈

《樗蒲经》曰:"凡近关及后一子谓之'堑',近关及前一子谓之'坑',落坑堑非贵采不出。凡一马打一马,如遇退六踏马,则一马可踏五马。"故世指不循理者谓之"踏坑堑"。

世之纠帅蒲博者,谓之"公子家",又谓之"囊家"。《樗蒲经》一有赌,若两人以上,须置囊,合依样检文书,乃投钱入。囊家亦谓之"录事"。

郑都官诗有"能销永日是樗蒲,坑堑由来似宦途"之句,盖所难者在过关,以前后为坑堑也。

谐 谑

神文时京师旱,上闵雨,形于寤叹,宰相请下畿内遍祷祠庙。陈留有张子房庙,县尉亦才雅,但好谑,分命诣庙,为二十字诗,题文成侯壁曰:"今人不如古,肉身不如土。我来汉相庙,为民祈灵雨。"石齐老说。

元宪宋公应举,再上及第,初任通判襄州;景文一上及第,初任复州推官。元宪谓曰:"某多幸,才入仕不识州县况味。"景文答曰:"某亦多幸,才应举便不知下第况味。"兄弟相与笑谑而罢。

长林尉石夷吾齐老尝游庐山,为予言简寂观天尊铜像制范精致,然本乃佛像,唐会昌中废毁浮屠,有惜其像者,遂加冠于首,衣以羽衣,以为天尊。夷吾作诗曰:"赤土坡头一寺基,天尊元是一牟尼。时难只得同香火,莫听闲人说是非。"

熙宁间，王拱辰即洛之道德坊营第甚侈，中堂起屋三层，上曰"朝元阁"。时司马光亦居洛，于私居穿地丈余作"壤室"。邵尧夫见富郑公，问新事，尧夫曰："近有一巢居，一穴处者。"遂以二公对，富大笑。

熙宁中遣使诸路察访，吕升卿明甫奉使京东，身为职官，许荐部吏改官者十员。戏语人曰："可辍其半，为身改官。"

龙图阁学士世谓之"大龙"，直龙图为"假龙"，直学士为"小龙"，或有得直阁久之不迁而卒，因曰"死龙"。

七寺闲剧不同，太府为"忙卿"，司农为"走卿"，光禄为"饱卿"，鸿胪为"睡卿"。盖忙卿所隶场务，走卿仓庾，饱卿祠祭数颁胙醴，睡卿掌四夷宾贡之事。

百官赴政事堂议事，谓之"巡白"。侍从即堂吏至客次请某官，既相见，赞曰："聚厅请不拜就座。"则揖座，又揖免笏，茶汤乃退。余官则堂上引声曰"屈"，一啜汤耳。若同从官则侍汤。京官自下声喏而升，立白事讫退，或有久次无差遣者，闻堂吏声"屈"，乃曰："不于此叫屈，更俟何所邪？"

官制行，将作监簿易为承务郎，或曰：迁官则为"迎霜兔"矣。又判大理寺崔谏议台符换大中大夫，前呼曰："大中来。"人不知皆笑曰："大虫来。"

丞相吕大防性凝重寡言，逮秉政，客多干祈，但危坐相对，终不发一谈，时人谓之"铁蛤蜊"。

《礼》有"引年"，传称"陈力就列，不能者止"。今则不然，至于病耄犹不能去，多为贫而然。或有一乞致仕者，亲戚相怪，且痛其死矣。予同年仇伯玉粹夫为户部侍郎，一日，报乞致仕，未几逢于朝路，因讯之曰："未尝有疾，亦未尝告老，不知何为也？"粹夫善诙谐，乃告曰："前日儿子亦自冯翊奔而来，以为死矣，且来草阅蹁跹一巡。"

都城相国寺最据冲会，每月朔望、三八日即开，伎巧百工列肆，罔有不集，四方珍异之物悉萃其间，因号相国寺为"破赃所"。

余长子渝尝为寿春令，邑有淮南王安庙，春秋朝廷祀之。邑人思刘仁赡之功德，欲立庙不可得也，遂共为刘令公像于淮南庙中，岁时享焉。传舍有人为诗曰："淮南据险逆西京，仁赡输忠保一城。今日乡人聊合祭，未应同食便同情。”

淮南庙有八仙公洎梅福等像，守臣或被旨祈焉。邑人说往时有姓梅为守，见庙像泣而祭之，云其祖也。回郡至郐家岭，伶人郐生登岭大痛，守怪问之，对曰：“此岭乃祖先之冢也。”守怒杖之。

异时执政在私第皆僦居，熙宁初，撤南北作坊，起东西二府八位。又废捧日一营建武学，隙地创小宅数十，收赁以充学费，号“鬼八位”。

杂　志

神宗就太原庙取祖宗以来将相功臣像各绘于两庑，因推恩官其后。予在开封南司，阅牍见党进家状云：“私家无祖像，今城南什物库土地像乃是。”遂取图之。

哲宗陵曰“永泰陵”，京师永泰门、福州永泰县皆以他名避之，龙图阁待制丰稷亦曰：“四明有永泰神，乞改庙额。”奏改之。

狄梁公墓在洛阳东白马寺后，予游寺见其像在庑舍下，僧云其裔孙侍禁自陕右辇置，欲建祠堂于此，不果。

盛武仲知蕲州，过江夏，予宴之。其祖天圣间为翰林学士，宰相丁谓去不附己者十人，盛其一也。落学士，工部郎中知光州，到任未几，又责和州团练副使。宦者押去，才行一日，使者不少止食，盛苦之，夜问左右曰：“使者何不食耶？”曰：“五更食讫。”盛市胡饼十余枚，贯以缗，贮水一葫芦，挂于鞍，行则啖之。余十里，使者顾见，惊问曰：“何从得此物？”答以早令市之。使者抚掌大笑。盖盛善饭，常兼数人，欲以困之也。

应山县连处士舜宾命二子从二宋学，二子庶及庠也，请二公居于邑之法兴寺，今尚有二公手植松柏。有县令经生者，忿二公不出谒，屡形颜色，连劝二公强谒之。已而令恚尤甚，连特询其情，令怒不以襕鞲也。二公复如言而往。明年，元宪状元，景文第十人，南归，令驰谒道左。

唐僧能诗者，如昼字皎然之类甚多。古人生子三日，父名之；二十而冠，友字之，所以表德也。今僧头童而不帻，不可冠，何字之有？

荐绅亦从而呼之,何也?

熙宁初,予官陕郊,时初复十铸钱监,兵闻锡气久而病瘠,以至不起,惟以蒸豚啖之,可以销释,所支率分钱内充买均给。后予所至多令如此给肉,惟建州丰国监役兵仍多病手弱之疾。

近时士大夫多因病笃乞致仕。予在大农忽得目疾,乞宫观;已而挂冠,年六十二矣,恐四方亲友惊叹,乃自削奏牍,叙致颇详,其末云:"乞骸以去,敢希汉傅之高风;鼓腹而嬉,愿遂尧民之至乐。"

老医少卜,老取其阅,少取其决。

郑毅夫内相再黜于有司,已而病伤寒,忽一夕梦化为龙而无角,浴于池中,鳞甲皆水出,盖汗也。展转间,张大夫问曰:"君已安否?"曰:"我不是龙。"张以为谵言。既觉,犹若曳尾不收。梦中但闻池上人皆曰:"白龙公来也。"士大夫于内相挽词多用"白龙公"者,盖本此耳。

古人一饭之恩必偿,睚眦之怨必报;后世不然,报恩略而报仇必详。《诗》曰:"忘我大德,思我小怨。"孔子曰:"以德报德,以直报怨。"退之赠刘师命诗云:"往取将相酬恩仇。"得时得位,无不皆然。

暑月痱子,虽蛤粉、陈粟涂之不差,豫章黄元明曰:"止用经夕热水濯灌之即愈。"果然。

京师赁驴,涂之人相逢无非驴也;熙宁以来,皆乘马也。按古今之驿亦给驴,物之用舍亦有时。

乖　谬

元宪宋公留守西都,同年为河南令,好述利便,以农家艺麦费耕耨,改用长锥刺地下种,以一亩试之,自旦至暮不能遍。又值蝗灾,科民畜一鸡云:不惟去蝗之害,亦可字养。令民悉呈所畜鸡,既集,纷然而斗,莫能间止,邑前百姓喧阗塞路,共观斗鸡而罢。

安陆虽号节镇,当南北一统,实僻左无事之地。往者,守臣或以迁谪而来,率多时之闻人,岁久皆吏部拟授,往往厚重而无作为者。熙宁间,一太守点检清酒务,校量缸酒数少,怒甚。监官对曰:"陶器渗漏。"又校一缸亦然，太守作色曰："君子居之，何漏之有？"遂不复问。

元祐中，民家昼日火作。先是数日前，太守令昼阖子城南门，不得启，民莫晓也。已而火作，居者不得出，救者不得入，民屋尽焚。余诘守，对曰："某以久旱，用董仲舒闭纵之术耳。"

人有言曰："良田畏七月。"盖百谷秀实之时，正需雨也。安陆郡一岁禾稼甚茂，而七月不雨。一日，见当职者告以祈雨，但言他而不答。八月又见之，乃召日者占雨期。日者告以将雨。其人乃曰："是不用宰鹅也。"余观朝廷颁《祈雨雪文》三卷，藏于郡县，如宰鹅皆有次第，岂至八月尚可为之？

有一卿列任京西宪，按行一邑，其尉蔡人张伯豪也，始迓于郊，宪令步从，又数其所为。至邑，入传舍更衣，虞候白提刑适骂者是中丞婿。宪矍然曰："何不早道！"于是召尉坐，谓曰："闻君有才，聊相沮尔，君辞色不变，岂易量耶？"为发荐章而去。

谏议大夫贾昌衡尹洛日，予管干文字，贾会使者，予亦与坐末。贾因言有一相知任宪，至一郡，有护戎年高，因料兵曰："护戎老不任事，何可容也？"太守默然，戎乃抗声曰："我本不欲来，为小儿子所强，今果受辱。"宪问小儿子为谁。曰："外甥。"复问为谁。曰："章得象也。"盖郇公是时方为丞相。宪曰："虽年高，精神不减，不知何饵？"戎曰："无恁饵。"宪曰："好个健老儿。"惠酒而去。

侯 鲭 录

［宋］赵令畤　撰
　　傅　成　校点

校 点 说 明

《侯鲭录》八卷，宋赵令畤撰。赵令畤（1061—1134），字德麟，宋太祖次子燕王德昭之玄孙。《宋史》有传。早年以才敏闻，元祐六年金书颍州公事，时苏轼守颍州，爱其才，向朝廷举荐，竟不用。苏轼遭贬谪，赵令畤因与之交往而入元祐党籍，受到牵连。后随高宗南渡，任洪州观察使，袭封安定郡王，寻迁宁远军承宣使，同知行在大宗正事。绍兴四年卒。

汉代楼护，将五侯各致佳膳合以为鲭，味道奇美，世人谓之"五侯鲭"。本书即取意于此，以作者所见所闻之北宋时期各种琐闻趣事，著录考证，汇成一书，犹如楼护之合鲭，故名《侯鲭录》。

赵令畤"读书能文"，书中所记，偏重诗话诗论，诸如文人逸事、诗坛趣闻，或诗歌本事、名物典故等，其中涉及欧阳修、王安石、苏轼、黄庭坚等著名诗人，藉此可以了解北宋诗坛的情况。特别值得注意的是，赵令畤曾经和苏轼一起共事，关系密切，书中以亲身经历所记东坡言行风采，真实可信，是研究苏轼诗歌创作、思想生活的可贵材料。此外，书中卷五用一卷的篇幅详细考辨元稹《莺莺传》传奇的本事，认为张生就是元稹，并且特意创作了一组《元微之崔莺莺商调蝶恋花》词，对后世有相当影响。由于书中所记精审可信，受到历代学者重视，常被称引。凡此，都体现了本书的品味。

《侯鲭录》的版本，宋赵希弁《郡斋读书附志》作八卷，而《宋史·艺文志》著录为一卷，今传本皆作八卷。清代嘉庆年间鲍廷博刻《知不足斋丛书》，收入此书，并取家藏天启间海虞三槐堂坊刻本、芸川书院本和一旧钞本作了校勘。今以《知不足斋》本为底本，参校《稗海》本、文渊阁《四库全书》本，以及有关史乘诗集，凡遇异文，择善而从，不出校记。不当之处，敬请批评指正。

目　　录

卷第一

《文选·古诗》云："文彩双鸳鸯，裁为合欢被。著以长相思，缘以结不解。"注："被中著绵，谓之长相思，绵绵之意。缘，被四边缀以丝缕，结而不解之意。"余得一古被，四边有缘，真此意也。著，谓充以絮。出《文选》第五卷。

《正俗》云：或问今以卧毡著里施缘者，何以呼为池毡？答曰：《礼》云："鱼跃拂池。"池者，缘饰之名，谓其形象水池耳。左太冲《娇女》诗云："衣被皆重池。"即其证也。今人被头别施帛为缘者，犹呼为被池。此毡亦为有缘，故得名池耳。俗间不知根本，竞为异说，当时已少有知者，况比来士大夫耶？独宋子京博学，尝用作诗云："晓日侵帘压，春寒到被池。"余得一古被，是唐物，四幅红锦外缘以青花锦，与此说正合。

绿沉事，人多不知。老杜云："雨抛金锁甲，苔卧绿沉枪。"又皮日休《竹》诗云："一架三百本，绿沉森冥冥。"始知竹名矣。又见吴淑《事类·弓赋》云："绿沉亦复精坚。"注引《广志》曰："绿沉，古弓名。"又引刘劭《赵郡赋》曰："其器用则六弓四弩，绿沉黄间，堂溪、鱼肠，丁令、角端。"

李贺诗中用小怜事，北齐冯淑妃名也。

宋子京博学，作诗云："何但鱼知丙，非徒字识丁。"唐张弘靖曰："天下无事，汝辈挽两石弓，不如识一丁字。"丙者，左太冲《蜀都赋》云："嘉鱼出于丙穴。"注："丙穴在汉中沔阳县北，有鱼穴二所，常以三、八月取之。丙，地名也。"或云鱼以丙日出穴，故陈藏器云："嘉鱼，乳穴中小鱼，能久食，力强于乳。丙者，向阳穴，多生鱼。鱼复何能择丙日出入耶？"郦善长云："穴口向丙。"又引柏枝山中有丙穴，穴方数丈，有嘉鱼尝以春末游渚，冬入穴。故知丙穴之鱼，不独汉中有也。老杜诗云："鱼知丙穴由来美。"

广南呼食为头，梁元帝赐功德净馔一头。鱼为鲊，梁科律，生鱼若干鲊。茗为

薄、为夹，温贡茗二百大薄。梁科律，茗薄若干夹。笔为双、为床、为枚。南朝呼笔
四管为一床。梁简文答徐摛书：时设书幌，中置笔床。梁令云：写书笔一枚一万字。

竹生花，其年便枯，六十年一易。根必结实而枯死，实落土复生，
六年还成町也。《竹谱》云："竹不刚不柔，非草非木，笿必六十，復亦
六年也。"

白乐天《琵琶行》云："曲罢曾令善才伏。"而"善才"不知出处。
《琵琶录》云：元和中，王芬、曹保，保有子善才，其孙曹纲，皆习此艺。
次有裴兴奴与曹同时，其曹纲善为运拨若风雷，不长于提弦；兴奴则
长于拢撚，下拨稍软。时人谓纲有右手，兴奴有左手。乐天又有《听
曹纲琵琶示重莲》诗云："拨拨弦弦意不同，胡啼番语两玲珑。谁能截
得曹纲手，插向重莲红袖中？"

桃茢，以除不祥。茢，苕也。今人以桃枝洒地辟鬼。

汉明帝听阳城侯刘峻等出家，僧之始也。济阳妇女阿潘等出家，
尼之始也。

棄字，小束也，音釁。绒音戎，细毛也，今绒毡字。

潘、普官切，淅米汁也。潘昌枕切，汁也。二字皆汁也，但潘字不通用耳。

余家有古镜，背铭云："汉有善铜，出丹阳，取为镜，清如明。左龙
右虎。"补之不知"丹阳"何语，问东坡，亦不解。后见《神仙药名隐诀》
云，铜亦名丹阳。又一铭云："尚方作镜真大巧，上有仙人不知老，渴
饮玉泉饥食枣。浮云天下散四海，寿如金石佳且好。"东坡云："清如
明，如，而也，若《左传》'星陨如雨'。"颖州顿氏一镜铭云："凤皇双镜
南金装，阴阳合为配，日月常相会，白玉芙蓉匣，翠羽琼瑶带，同心相
亲，照心照胆寿千春。"《西京杂记》云："汉有方镜，广四尺九寸，高五
尺，表里有明。人直来照之，影则倒见。以手覆心而来，则见肠胃五
藏，历历无碍。人有疾病在内，则掩心照之，知人病之所在。又女子
有邪心，则胆张心动。始皇以照宫人，胆张心动者即杀之。"予家有一
镜云："蔡氏作镜佳且好，明而日月世少有，刻治六官悉皆在，长保二
亲利孙子，传之后世乐无极。"后又得一面云云。二皆大鼻，此一鼻上
有八篆文，中有"鲁国"二字可识之，奇古如钟鼎样，亦深入字，惟背上
者突出。又见一镜背花妙丽，又有"贞字飞霜"四篆字，镜名或人名

耶，不可得而辨。

老苏作《雷太简墓铭》云：“呜呼太简，不显祖考，不有不承。隐居南山，德积声施，为取于人，不献不求。既获不庸，有功不多，我铭孔悲。”此大语妙，有三代文章骨气，为文之法也。

东坡云：“世之对偶，如‘红生白熟’、‘手文脚色’二对，无复加也。”又云：“与我周旋宁作我，为郎憔悴却羞郎。”亦的矣。予诗中有“青州从事”对“白水真人”，公极称之，云二物皆不道破为妙。

唐梨园弟子，以置院近于禁苑之梨园也。女妓入宜春院，谓之内人，亦曰前头人，谓在上前也。骨肉居教坊，谓之内人家。有请俸，其得幸者，谓之十家。故郑嵎《津阳门》诗云“十家三国争光辉”是也。家虽多，亦以十家呼之。三国，谓秦、韩、虢国三夫人也。

唐太宗贞观初，内宴长孙无忌，造《倾杯曲》。又《乐府杂录》云：“宣宗善吹芦管，自制此曲。”

唐高宗龙翔中，置三国子监。

唐德宗建中三年，用韦都宾、陈京请，借京城官商钱，大索得八十万贯。时度支杜佑曰：“月费钱一百万。”本朝元丰中，毕仲衍编备对，月支六十二万余贯，金帛不在数。自大观之后，不知月用几何。

阆州有三雅池，出潘远《纪闻谭》，云昔有人修此池，得三铜器，状如杯盏，上各有二篆字，一云“伯雅”，二云“仲雅”，三云“季雅”。不知所由，乃名此池为三雅池。予尝览魏文《典论》云：“灵帝末斗酒直万钱，刘表一子好饮，乃制三爵，大曰伯雅，_{注云一斗。}次曰中雅，_{注云七升。}小曰季雅_{注云五升。}”今三雅池所得，乃刘氏酒器也。_{恐盛酒器，非饮器也。}

崔赵公尝问径山曰：“弟子出家得否？”径山曰：“出家是大丈夫事，非将相所为。”

李直方尝第果实若贡士者，以绿李为首，楞梨为副，樱桃为三，甘子为四，蒲桃为五。或荐荔枝，曰：“寄举之首。”又曰：“栗如之何？”曰：“取其实事，不出八九。”始范晔以诸香品味时辈，后侯朱虚撰《百官本草》，皆此类也。

唐李肇《国史补》书宋清事云：卖药长安西市，朝官出入移贬，辄卖药迎送之。贫士请药，常多折券。人有急难，倾财救之。岁计所人，利亦百倍。故长安有义债卖药宋清。此柳子厚所以作清传云：清居市不为市之道，然而居朝廷、居官府、居庠塾，乡党以士大夫自名者，反争为之不已。悲夫！然则清非独异于市人也。

唐元微之《行李从易宗正丞制词》云：“昔刘氏子孙，在属籍者十余万人。”予尝考王莽居摄时作大诰云：“宗室之隽有四百人。”孟康注云：“谓诸刘见在者。”何多寡之不同如此？岂莽时残啄之余，所谓四百人，皆赞莽以盗汉，偷生嗜利之徒欤？不然，安得生存于斯，至为莽称隽耶？

《文选》古乐府《名都篇》：“寒鳖炙熊蹯。”又曹子建《七启》云：“寒芳莲之巢龟，胎西海之飞鳞。”注谓“今之胜寒也。”引《盐铁论》云：“煎鱼切肝，羊淹鸡寒。”又《资暇》云：“今之渣肉谓之寒。”又《广韵》云：“煮鱼煎食曰胜。”

天下生齿之数，前汉户千二百二十三万，举其成数。后汉千六十七万，魏九十四万，晋二百四十五万，宋九十万，后魏三百三十七万，北齐三百三万，后周三百五十九万，隋八百九十万，唐九百六万。国朝艺祖二百五十六万，太宗三百五十七万，真宗八百六十七万，仁宗一千九百九万，英宗一千二百四十八万，神宗一千七百二十一万。出今国史。

长沙道林岳麓寺，老杜所赋诗者。沈传师有诗碑见于世，其序云：奉酬唐侍御、姚员外道林寺题，示姚员外。诗不复见之。今得唐侍御诗，题云“儒林郎监察御史唐扶。”诗云：“道林岳麓仲与昆，卓荦请从先后论。松根踏云二千步，始见大屋开三门。泉清或戏蛟龙窟，殿豁数尽高帆掀。即今异鸟声不断，闻道看花春更繁。从容一衲分若有，萧瑟两鬓吾能髡。逢迎侯伯转觉贵，膜拜佛像心加尊。稍摅皇英颓浓泪，试与屈贾招清魂。荒唐大树悉楠桂，细碎枯草多兰荪。沙弥去学五印字，静女来悬千尺幡。主人念我尘眼昏，半夜号令期至暾。迟回虽得上白舫，羁绁不敢言绿尊。两祠物色采拾尽，壁间杜甫真少恩。晚来光彩又腾射，笔锋正健如可吞。”

近时诗僧难得佳者。余杭参寥云：“风蒲猎猎弄轻柔，欲立蜻蜓不自由。六月临平山下路，藕花无数满汀洲。”

苏州僧仲殊，本文士也，因事出家。有《润州》诗云："北固楼前一笛风，断云飞出建昌宫。江南二月多芳草，春在濛濛细雨中。"

元祐中，馆职诸公赋《韩干马》诗，独张文潜最高胜，云："头如翔鸾月颊光，背如安舆凫臆方。心知不载田舍郎，尚带开元天子红袍香。韩干写时国无事，天闲树荫春昼长。双髵执箠俨在傍，如瞻驰道黄屋张。北风扬尘燕贼狂，厩中万马驱范阳。天子乘骕蜀山险，满川苜蓿为谁芳？"

王令逢源，荆公王深父兄弟交游也。尝赋《韩干马》诗云："天宝天子盛天厩，吐番入马上天寿。紫衣驭吏遍坐前，骑入金门不容骤。西极苜蓿为谁肥，六闲飞黄卧嗟瘦。乾元殿下谁把笔，当年人无出干右。传闻三马同日死，死魄到纸气方就。铁勒夹口重两衔，墨丝丱尾合双纽。天门未上人就观，老胡惊嗟失开口。生搜朔野空毛群，死断世工无后手。当时天子惜不传，送入御府置官守。胡尘勃郁燕蓟来，宫阙萧骚既焚后。谁挤千金出手收，足踏万里避奔走。几经蹂弃道边尘，今日宁无纸上垢？尊前病客不识画，但惊骨气世未有。冀北骏足无时无，生不逢干死空朽。世工无手不肯休，往往气骨陋如狗。"

余往在中都，见一士大夫家收江南李后主书一词，下云"冯延巳"三字，词中复云"圣寿南山永同"，恐延巳作也。词云："铜壶漏滴初尽，高阁鸡鸣半空。催启五门金锁，犹垂三殿珠栊。阶前御柳摇绿，仗下宫花散红。鸳瓦数行晓日，鸾旗百尺春风。侍臣蹈舞重拜，圣寿南山永同。"

东坡年十余岁，在乡里见老苏诵欧公《谢宣召赴学士院仍谢对衣并马表》，老苏令坡拟之。其间有云："匪伊垂之带有余，非敢后也马不进。"老苏喜曰："此子他日当自用之。"至元祐中再召入院作承旨，仍益之云："枯羸之质，匪伊垂之带有余；敛退之心，非敢后也马不进。"

《阁下法帖》十卷，淳化中朝廷所集，其中多吊丧问疾，人多疑之。比见《刊误》，乃唐国子祭酒李涪所撰。短启出于晋、宋兵革之间，时国禁书疏，非吊丧问疾，不得辄行尺牍。故羲之书首云"死罪"，是违制令故也。且启事论兵，皆短而缄之，贵易于藏隐。

《刊误》云：古无文刺，唯书竹简以代结绳，谓之简册也。魏祢衡处士致名于纸，是纸上题名，投刺公侯。自后相承，刺谒者见通名纸为公状也。至今士子之家存焉。

《西京杂记》载陆贾云："目瞤得酒食，灯花见钱财，乾鹊噪而行人至，蜘蛛集而百事喜。"

董仲舒曰：太平之世，则风不鸣条，开甲散萌而已；雨不破块，濡叶津根而已；雷不惊人，号令启发而已；电不眩目，宣示光耀而已；雾不塞望，浸淫被泊而已；雪不封陵，弭害消毒而已。云则五色而为庆，雨则三日而成膏，露则结珠而为液。此圣人在上，则阴阳和而风雨时也。政多纰缪，则阴阳不调，风发屋，雨溢河，雹至牛目，雪杀驴，此皆阴阳相荡，为祲沴之故也。

李广与兄弟猎于宜山之北，见卧虎焉，射之，一矢即毙。断其头为枕，示服猛也；铸铜象其形为溲器，示厌辱之也。至今溲器谓之虎子，或为虎枕。

《西京杂记》云：长安巧工丁缓者，为卧褥香炉，一名被中炉。本出房风，其法后绝，至缓始更为机环，转运四周，炉体常平，可置之被褥，故取"被中"为名。今谓之衮球。

余尝和刘景文诗云："我识之无常缩舌，君能竞病且低颜。"东坡笑曰："吾尝赠雷胜将军诗曰：'太守无何唯日饮，将军竞病自诗鸣。'见吾子此对，觉吾用'无何'二字体慢矣。"

杜牧之《宫人》诗云："绛蜡犹封系臂纱。"后学不解。常见《服饰变古录》云：始于晋武帝选士庶女子有姿色者，以绯彩系其臂。大将军胡奋女泣叫，不伏系臂，左右掩其口。今定亲之家亦有系臂者，续古事也。

欧阳文忠公谪滁州，令幕中谢判官幽谷种花。谢请要束，公批纸尾云："浅红深白宜相间，先后仍须次第栽。我欲四时携酒去，莫教一日不花开。"

欧公闲居汝阴时，一妓甚韵，文公歌词尽记之。筵上戏约，他年当来作守。后数年，公自维扬果移汝阴，其人已不复见矣。视事之明日，饮同官湖上，种黄杨树子，有诗《留撷芳亭》云："柳絮已将春去远，海棠应恨我来迟。"后三十年，东坡作守，见诗笑曰："杜牧之'绿叶成阴'之句耶？"

欧阳公自维扬移守汝阴，作《西湖》诗云："绿芰红莲画舸浮，使君宁复忆扬州？都将二十四桥月，换得西湖十顷秋。"东坡复自颖移维扬，作诗寄予曰："二十四桥亦何有，换此十顷玻璃风。"使欧公诗也。

张文潜初官通许，喜营妓刘淑女，为作诗曰："可是相逢意便深，为郎巧笑不须金。门前一尺春风髻，窗外三更夜雨衾。别燕从教灯见泪，夜船惟有月知心。东西芳草皆相似，欲望高楼何处寻。"又云："未说蜻蜒如素领，固应新月学蛾眉。引成密约因言笑，认得真情是别离。尊酒且倾浓琥珀，泪痕更著薄胭脂。北城月落乌啼后，便是孤舟肠断时。"

孙贲公素居京师，大病，予数往存抚之。又数日，见东坡云："闻曾见孙公素，病如何？"予曰："大病方安。"坡云："这汉病中瘦则瘦，俨然风雅。"后见公素，道此语，公素应曰："那娘意下恨则恨，无奈思量。"坡大奇之。

公素畏内，众所共知。尝求坡公书扇，坡题云："披扇当年笑温峤，握刀晚岁战刘郎。不须戚戚如冯衍，但与时时说李阳。"公素昔为程宣徽门宾，后娶程公之女，性极妒悍，故云。

东坡在黄州日，作《雪》诗云："冻合玉楼寒起粟，光摇银海眩生花。"人不知其使事也。后移汝海，过金陵，见王荆公，论诗及此，云："道家以两肩为玉楼，以目为银海，是使此否？"坡笑之。退谓叶致远曰："学荆公者，岂有此博学哉！"

熙宁中，士大夫犹能诗，卢秉《题汴河驿中》云："苍颜白发老参军，剩粜官粮置酒樽。但得有钱供客醉，谁能骑马傍人门？"荆公见而爱之，遂获进用。

东坡在徐州，送郑彦能还都下，问其所游，因作词云："十五年前，我是风流帅，花枝缺处留名字。"记坐中人语，尝题于壁。后秦少游薄游京师，见此词，遂和之，其中有"我曾从事风流府"，公闻而笑之。

鲁直戏东坡曰："昔王右军字为换鹅书。韩宗儒性饕餮，每得公一帖，于殿帅姚麟许换羊肉十数斤，可名二丈书为换羊书矣。"坡大笑。一日,公在翰苑,以圣节制撰纷冗,宗儒日作数简,以图报书,使人立庭下督索甚急。公笑谓曰:"传语本官,今日断屠。"

醉花宜昼,醉雪宜夜,醉楼宜暑,醉水宜秋,醉得意宜唱,醉将士宜鸣鼍,醉文人宜谨节令,除章程,醉隽人宜益觥盂,加旗帜:此皆以审其宜,攻其景,以与忧战也。此等语,皇甫松持正所作《醉乡日月记》中语。

卷第二

前世钱未有草书者，淳化中，太宗皇帝始以宸翰为之，既成，以赐近臣。崇宁、大观御书钱，盖袭故事也。王元之责商於，有诗云："谪官无俸突无烟，唯拥琴书尽日眠。还有一般胜赵壹，囊中犹贮御书钱。"

苏迈伯达，东坡长子，豪迈虽不及其父，而问学语言亦胜他人子也。少年作诗云："叶随流水知何处，牛带寒鸦过别村。"先生见之，笑曰："此村长官诗。"后东坡贬惠州，伯达求潮之安化令，以便馈亲。果卒于官。

王钦臣仲至，仁宗时名儒，原叔之子。大臣荐文艺，召试学士院，试罢诗云："翠木阴阴白玉堂，老来方此试文章。官檐日永挥毫罢，闲拂尘埃看画墙。"《宿华岳观》诗云："凌空老树云垂叶，压屋梨花雪照人。深愧地仙教俗客，殷勤留看华山春。"又二年经此，再题云："石坛流水共苍苔，青竹林间一径开。可惜梨花飞已尽，前年游客始重来。"

黄鲁直《读太真外传》诗云："扶风乔木夏阴合，斜谷铃声秋夜深。人到愁来无处会，不关情处总伤心。"亦妙语也。

滕达道长于五言，《省试》诗云："寒日边声断，春风塞草长。"《结客》诗云："结客结英豪，莫同儿女曹。黄金装剑佩，猛兽画旌旄。北极狼星落，中原王气高。终令贺兰贼，不著赭黄袍。"

宋莒公兄弟皆以高名擢用。仁庙时，本朝文章多人，未有二公比者。少时作《落花》诗，为时脍炙。莒公诗云："一夜东风拂苑墙，归来无处剩凄凉。汉皋珮冷临江湿，金谷楼危到地香。泪脸补痕劳獭髓，舞台收影费鸾肠。南朝乐府休赓曲，桃叶桃根尽可伤。"景文诗云："坠素翻红各自伤，青楼烟雨忍相望。欲飞更作回风舞，已落犹成半面妆。沧海客归珠迸泪，章台人去骨遗香。可怜无意传双蝶，尽委芳心与蜜房。"

颍昌西湖展江亭成，公作诗云："绿鸭东陂已可怜，更因云窦注新泉。凿开鱼鸟忘情地，展尽江湖极目天。向夕旧滩都浸月，遏空新树便留烟。使君直欲称渔叟，愿赐闲州不计年。"

晁次膺薄游南京，尝作词云："花前月下堪垂泪，水边楼上总关心。"后过其家，已与客饮，复作诗曰："去日玉刀封断恨，见来金斗熨愁眉。黄昏饮散歌阑后，懊恼水边楼上时。"

唐武宗即位，独奋怒曰："穷吾天下者，佛也！"始去其山台野邑四万所，冠其徒几至十万人。至会昌五年，始命西京留佛寺四，僧唯十人；东京二寺；节度观察同华、汝三十四治所，得留一寺，僧准西京数。其余刺史州不得有寺。出四御史里行以督之。御史乘驲未出，开天下寺至于屋基，耕而刈之。凡除寺四千六百，僧尼筓冠二十六万五百，其奴婢至十五万。良人枝附为使令者，倍筓冠之数。良田数千顷，奴婢日率以百亩编入农籍。其余贱取民直，归于有司，寺材州县得以恣新其公宇传舍。后二年，宣宗即位，诏曰："佛尚不杀而仁，且来中国久，亦可助以为治。天下率兴三寺，用齿衰男女为其徒，各止三十人，两京倍其数四五焉。"著为定令，以徇其习，且使后世不得复加也。本朝景德中，天下二万五千寺。嘉祐间三万九千寺。陈襄述古判词部曰说云。出江邻几《杂志》。

杜牧之《和裴傑新樱桃》诗云："忍用烹酥酪，从将玩玉盘。流年如可驻，何必九华丹。"遂知唐人已用樱桃荐酪也。

李商隐《江之嫣赋》云："岂如河畔牛星，隔岁只闻一过。不及苑中人柳，终朝剩得三眠。"汉苑有人形柳，一日三起三倒。

长安南山下书生作小圃，时莳花木，以待游子。一日，有金犊车从数女奴，皆玉色丽人。车中人下，饮于庭，邀书生同坐。生意当时贵人家，不出。既见款甚，将别，出小碧笺书诗为赠云："相思无路莫相思，风里杨花只片时。惆怅深闺独归处，晓莺啼断绿杨枝。"

东坡尝言鬼诗有佳者，诵一篇云："流水涓涓芹吐芽，织乌西飞客还家。深村无人作寒食，殡宫空对棠梨花。"尝不解"织乌"义，王性之少年博学，问之。乃云："织乌，日也，往来如梭之织。"坡又举云："杨柳杨柳，袅袅随风急，西楼美人春睡浓，绣帘斜卷千条入。"又诵一诗云："湘中老人读黄老，手援紫藟坐碧草。春至不知湘水深，日暮忘却巴陵道。"此必太白、子建鬼也。

王性之云：舒州下寨驿中所题诗，余以永感之人，读之垂涕。云："北堂无老信来稀，十载秋风雁自飞。今日满头生白发，千山乡路为谁归？"

郑犹咏王子安应城新亭二诗云："一簪华发一床书，尽日新亭适意无？莫道长安天样远，长官自不厌江湖。"又云："前年谏猎出长杨，乞得新亭作醉乡。好把青衫送酒娅，从教人识御炉香。"

余少从李慎言希古学，自言昔梦中至一宫殿，有仪卫，中数百妓抛球，人唱一诗。觉而记得三首云："侍宴黄昏未肯休，玉阶夜色月如流。朝来自觉承恩最，笑倩旁人认绣球。"又云："隋家宫殿锁清秋，曾见婵娟飐绣球。金钥玉箫俱寂寂，一天明月照高楼。"又云："堪恨隋家几帝王，舞腰挪尽绣鸳鸯。如今重到抛球处，不见熏炉旧日香。"

蔡持正谪新州，侍儿从焉，善琵琶。尝养一鹦鹉，甚慧，丞相呼琵琶，即扣一响板，鹦鹉传呼之。琵琶逝后，误扣响板，鹦鹉犹传言，丞相大恸，感疾不起。尝为诗云："鹦鹉言犹在，琵琶事已非。伤心瘴江水，同渡不同归。"

少游尝作《游仙词》，坡称之，云："阴风一夜搅青冥，风定霏霏雪霰零。想见玉清真境上，白虚光里诵《黄庭》。"又云："夜深楼上拨书眠，天在阑干四角边。风扫乱云毫发尽，独留璧月照人圆。"又云："天风吹月入阑干，乌鹊无声子夜闲。织女明星来枕上，了知身不在人间。"又云："本是庐山种杏人，出山来事碧虚君。上清欲问因何到，请看仙家十赍文。"余闻仙家十赍，犹人间九锡也。

绍圣中，有人过临江军驿舍，题二诗，不书姓名。时贬东坡，毁上清宫碑，令蔡京别撰。诗云："李白当年谪夜郎，中原不复汉文章。纳官赎罪何人在，壮士悲歌泪两行。"又云："晋公功业冠皇唐，吏部文章日月光。千载断碑人脍炙，不知世有段文昌。"

余崇宁中坐章疏入籍为元祐党人，后四年牵复过陈，张文潜、常希古皆在陈居，相见慰劳之。余答曰："炙毂子王睿作《解昭君怨》，殊有意思，能到入妙处。词云：'莫怨工人丑画身，莫嫌明主遣和亲。当时若不嫁胡虏，只是宫中一舞人。'"文潜云："此真先生所谓'笃行而刚'者也。"

浮休居士张舜民芸叟，忠义人也。绍圣中，入元祐责籍为党人，系潭州，赦书中独元祐人不赦，有《宣赦》诗云："击鼓填街道，传声过水滨。国严三岁祀，恩洗万方春。舟楫随南斗，衣冠拱北辰。岭南并岭北，多少望归人！"

四明狂客贺知章《回乡偶书二首》云："离别家乡岁月多，近来人事半消磨。惟有门前鉴湖水，春风不减旧时波。"又云："幼小离家老大回，乡音难改面毛鬇。儿童相见不相识，却问客从何处来。"一说云黄拱作。

少游《题大年小景四首》云："本自江湖客，宦游何苦心。因君小平远，还我旧登临。"又云："公子歌钟里，何曾识渺茫。唯应斗帐梦，曾入水云乡。"又云："晓浦烟笼树，晴江水拍空。烦君添小艇，画我作渔翁。"又云："岛外云峰晚，沙边水树明。想当挥洒就，侍女一时惊。"

徐仲车尝作《爱爱歌》云："吴越佳人古云好，破家亡国何胜道。昨夜闲观《爱爱歌》，坐中叹息无如何。爱爱本是娼家女，金魂玉魄沉尘土。歌舞吴中第一人，绿鬓双鬟才十五。耳闻目见是何事，不谓其人乃如许。操心危兮厉志深，半夜窗前泪如雨。假饶一笑得千金，何如嫁作良人妇。桃李不为当路花，芙蓉开向秋风渚。忽然一日逢张氏，便约终身不相弃。山可磨兮海可枯，生唯一兮死无二。有如樗栎丛中木，忽然化作潇湘竹。又如黄鸟春风时，迁乔林兮出幽谷。文君走马来成都，弄玉吹箫能几曲？不闻马上琵琶声，忽作山头望夫哭。去年春风还满房，昨夜月明还满床，行人一去不复返，不念关山歧路长。前年犹惜缕金衣，去年不画深胭脂。今年今日万事已，鲛绡翡翠看如泥。一女二夫兮妾之所羞，不忠所事兮志将何求？蛾眉皓齿兮妾之所忧，不如无生兮庶几无尤。嘤嘤草虫，趯趯阜螽，靡不有初，鲜克有终。鸳鸯于飞兮毕之罗之，人间此恨兮何时休时。深山人迹不到处，病鸾敛翼巢空枝。"

余尝爱韩致光《宫词》云："绣裙斜立正销魂，宫女移灯掩殿门。燕子不归花著雨，春风应是怨黄昏。"

元丰中，裕陵以元夕御楼，宰臣亲王观灯，有御制，令从臣和进。

王禹玉为左相,蔡持正为右相,蔡密叩王云:"应制上元诗如何使事?"禹玉曰:"鳌山凤辇外不可使。"章子厚时为黄门侍郎,面笑之云:"此谁不知。"十七日登对,裕陵独赏禹玉诗,云:"妙于使事。"诗云:"雪消华月满仙台,万烛当楼宝扇开。双凤云中扶辇下,六鳌海上驾山来。镐京春酒沾周燕,汾水《秋风》陋汉才。一曲升平人共乐,君王又进紫霞杯。"是夕以高丽进乐,又添一杯。

刘贡父先生元祐作少蓬,余被旨召赴本省呈试,贡父作主文,幕次中闻与顾子敦诵渠昔自校书郎出倅泰州作诗云:"璧门金阙倚天开,五见宫花落井槐。明日扁舟沧海去,却从云气望蓬莱。"

鲁直父名庶,字亚夫,最能诗。有《怪石二绝》云:"山鬼水怪著薜荔,天禄辟邪眠碧苔。钩帘坐对心语口,曾见汉唐池馆来。"

狄遵度,字元规,枢密直学士棐之子,敏慧夙成。当杨文公昆体盛行,乃独为古文章,慕杜子美、韩退之之句法。一夕,梦子美自诵其逸诗数十章,既觉,犹记其两句云:"夜卧北斗寒挂枕,木落霜拱雁连天。"因书其后曰:"子美存耶? 果亡耶? 其肯为余来嘿诵,人未知之者,俾予知耶? 观其词,盖非他人所能为,真子美无疑矣。"遵度因足成其诗,号《佳城篇》。不幸年二十,为襄城簿而卒。诗云:"佳城郁郁颓寒烟,孤雏乳兔号荒阡。夜卧北斗寒挂枕,木落霜拱雁连天。浮云西去伴落日,行客东尽随长川。乾坤未死吾尚在,肯与蟪蛄论大年?"

刘路左车,尝收唐人新编当时人诗册,有老杜数十首,其间用字皆与今本不同。有《送惠二过东溪》诗,集中无有。诗云:"惠子白驴瘦,归溪惟病身。皇天无老眼,空谷滞斯人。崖蜜松花熟,山杯竹叶春。柴门了生事,黄绮未称臣。"

曾阜为蕲州黄梅令,县有峰顶寺,去城百余里,在乱山群峰间,人迹所不到。阜按田偶至其上,梁间小榜,流尘昏晦,乃李白所题诗也,其字亦豪放可爱。诗云:"夜宿峰顶寺,举手扪星辰。不敢高声语,恐惊天上人。"或云王元之少年登楼诗云:"危楼高百尺,手可摘星辰。不敢高声语,恐惊天上人。"

东坡先生在岭南,言元祐中,有见李白酒肆中诵其近诗云:"朝披梦泽云,笠钓青茫茫。"此非世人语也。少游尝手录其全篇。少游叙云："观项在京师，有道人相访，风骨甚异，语论不凡。自云尝与物外诸公往还，口诵二篇，云东华上清监清逸真人李白作也。"诗云："人生烛上花，光灭巧妍尽。春风绕树头，日与化工进。昔我飞骨时，惨见当涂坟。青松蔼朝霞，缥缈山下村。既死明月魄，无复玻璃魂。念此一脱洒，长啸登昆仑。醉著鸾凤衣，星斗俯可扪。"又云："朝披梦泽云，笠钓青茫茫。寻流得双鲤，中有三元章。篆字若丹蛇，逸势如飞翔。归来问天姥，妙义不可量。金刀割青素，灵文烂煌煌。燕服十二环，想见仙人房。暮跨紫鳞去，海气侵肌凉。龙子善变化，化作梅花妆。遗我累累珠，靡非明月光。劝我穿绛缕，系作裙间珰。揖子以疾去，谈笑闻余香。"

王平甫年十一过洪州，有《滕王阁》诗，盖其少成如此。又再赋一首，叙其事云："滕王平昔好追游，高阁依然枕碧流。胜地几经兴废事，夕阳偏照古今愁。层城树密千家笛，江渚人孤一叶舟。怅望沧波吟不尽，西山重叠乱云浮。"十四岁再题一首，其序云："予始年十一时从亲还里中，道出洪州，泊滕王阁下。俯视山川之胜，而求士大夫所留之诗，凡百余篇。自唐杜紫微外，类皆世俗气，不足矜爱。乃作一章，榜之西楹。后三年，客淮上，思其幼时勇于述作，不自意其非也，辄改作一章，以志当时之事。其旧者往往传于江西，今故并存之。"诗云："地势远连徐孺亭，穷南有客两曾经。檐前燕雀鸣相斗，潭里蛟龙困未醒。乱蔼苍茫侵树色，惊涛浩荡失天形。当时好景无同赏，对此悲歌孰为听？"

张子野云：往岁吴兴守滕子京席上，见小妓兜娘子，京赏其佳色。后十年，再见于京口，绝非顷时之容态。感之，作诗云："十载芳洲采白蘋，移舟弄水赏青春。当时自倚青春力，不信东风解误人。"

黄子思云：余尝守官咸阳，县廨之后临渭河，汀屿中连岁秋有孤雁来，栖于葭苇中。今岁冬深，不复至矣，或已在缯弋，或去而之他，皆不可知也。感而为诗，题亭壁云："天寒霜落雁来栖，岁晚川空雁不归。江海一身多少事，清风明月我沾衣。"

东坡云：元祐三年二月二十一日夜，与鲁直、寿朋、天启会于伯时斋舍，录鬼仙所作或梦中所作。尝记《太平广记》中有人为鬼物所引，入墟墓间，皆鲜华洞户。忽为劫墓者所惊，遂失所见，但云"芫花半落，松风晚清。"又录鬼诗云："江上樯竿一百尺，山中楼台十二重。老僧楼上望江上，遥指樯竿笑杀侬。"又云："爷娘送我青枫根，不记青枫几回落。当时刺绣衣上花，今日为灰不堪著。"又云："酒尽君莫沽，壶干我当发。城市多嚣尘，还山弄明月。"又云："卜得下峡日，秋江风浪多。巴陵一夜雨，肠断《木兰歌》。"又云："浦口潮来初渺漫，莲舟溶漾采花难。芳心不惬空归去，会待潮平更折看。"又云："忽然湖上片云飞，不觉中流雨湿衣。折得荷花浑忘却，空将荷叶盖头归。"又云："寒草白露里，乱山明月中。是夕苦吟罢，寒烛与君同。"

乌鲗八足绝短者，集足在口，缩喙在腹，形类鞋囊，其名乌鲗。噀波噀墨，迷射水慝，以卫害焉。《海物异名》。

熙宁中，鲁直入宫，教余兄弟。伯父五开府，酒余脱浅色番罗袄衣之。鲁直醉中作诗云："叠送番罗浅色衣，著来春气入书帏。到家慈母惊相问，为说王孙脱赠时。"

鲁直评东坡书曰："学问文章之气，郁郁葱葱，散于笔墨之间，此所以他人终莫能及。"

卷第三

张文潜作《七夕歌》，为东坡所称。词云："人间一叶梧桐飘，蓦收行秋回斗杓。神官召集役灵鹊，直渡天河横作桥。河东美人天帝子，机杼年年劳玉指。织成云雾紫绡衣，辛苦无欢容不理。帝怜独居无与娱，河西嫁与牵牛夫。自从嫁后废织纴，绿鬓云鬟朝暮梳。贪欢不归天帝怒，谪归却踏来时路。但令一岁一相逢，七月七夕河边渡。别多会少知奈何，却悔从前恩爱多。匆匆离恨说不尽，烛龙已驾随羲和。河边灵官晓催发，令严不管轻离别。空将泪作雨滂沱，泪痕有尽愁无歇。寄言织女君休叹，天地无穷会相见。犹胜姮娥不嫁人，夜夜孤眠广寒殿。"

东坡于闽中驿舍见一诗，录之，不知谁氏子作。后闻乃姚嗣宗。诗云："欲挂衣冠神武门，先寻水竹渭南村。却将旧斩楼兰剑，买得黄牛教子孙。"

一道人败道后，作诗云："瑶峰一别杳难期，消渴从教醉枕欹。不信丹青能画得，五更灯暗月来时。"

司马池乃文正公之父，仁庙时作待制，亦善作小诗，云："冷于陂水淡于秋，远陌初穷见渡头。赖得丹青无画处，画成应是一生愁。"

山谷《茶磨铭》云："楚云散尽，燕山雪飞。江湖归梦，从此祛机。"

参寥杭州城外题小溪诗云："城根野水绿逶迤，袅袅轻舟掠岸过。欲采芸兰无觅处，渚花汀草占春多。"

东坡在徐州，参寥自钱塘访之，坡席上令一妓戏求诗，参寥口占一绝云："多谢尊前窈窕娘，好将幽梦恼襄王。禅心已作沾泥絮，不逐东风上下狂。"坡云："沾泥絮，吾得之，被老衲又占了。"

瞿塘之下地名人鲊瓮，少游尝谓未有以对。南迁度鬼门关，乃用为绝句云："身在鬼门关外天，命轻人鲊瓮头船。北人恸哭南人笑，日落荒村闻杜鹃。"

古人作律诗，有当句对者，两句更不须对。如陆龟蒙诗云"但说漱流并枕石,不辞蝉腹与龟肠"是也。

《汉书》云:"背尊章嫖以忽。"老杜诗云:"堂上拜姑嫜。"《玉篇》云"凡夫之父母曰嫜",老杜独姑嫜何耶?《正俗》云:古谓舅姑为姑嫜,今俗亦呼为姑钟。盖自章音转为钟也。

咸平三年六月诏:保州保塞县丰归乡东安村,乃宣祖之旧里,而百姓赵加起,实派天潢,久安地著,虽为疏属,实重宗盟。宜佩赤绂以光白社,可左屯卫将军。仍赐加起等妻女首饰衣服银器有差。时遣内侍自保州召加起至,遂有是命。

祖宗时,用唐武德故事,宗姓在异姓品上。景德四年举行。

几头酒,山东风俗,新沐讫饮酒,谓之几头。颜师古云:"字当为机,音机。机,谓福祥也。"按《礼》云:"沐稷而靧粱,栉用樿栉,发晞用象栉。进机进羞,工乃升歌。"郑康成注云:"沐靧必进机作乐,益气也。此谓新沐靧体虚,故更进食饮,而又加乐,以自辅助致福祥也。"此古之遗法乎?

洋者,山东谓众多为洋。《尔雅》洋,观衰众那多也。今谓海之中心为洋,亦水之众多处。

露布,人多用之,亦不知其始。《春秋佐助期》曰:武露布,文露沉。宋均云:甘露见其国。布,散者。人上武文采者,则甘露沉重。《初学记》。

桃实经冬不落者,俗谓之桃奴。橘奴者,谓江陵千树为木奴。《襄阳记》:李衡密遣十人于武陵新阳洲上作宅,种柑千树。临死敕其儿曰:"汝母恶吾治家穷困如是,吾洲有千头木奴,不责汝衣食,岁上绢一匹,亦足用耳。"吴末,洲柑成,岁得绢数千匹。据此非橘明矣。又按谚曰:"本奴千,无凶年。"盖言果实可以市易五谷,此即木奴之号、果之都称者也。出《北户录》。

谢承云:后汉李寿长为青州刺史,其所经历它州县,瞻察牧守长吏治政优劣,上言曰:"臣以为政一流,虽非所部,夫东家有犬,不忍见西家之有鼠。臣之所见,敢不以闻。"

江淹为宗室建平王让表,称宗莩。

李子,力员反。《战国策》:李子之相似,唯其母知之;利害之相似,唯智者知之。孪子,谓双生子也。

世之嫁女三日,送食,俗谓之暖女。《广韵》中正有此说,使馈字。人初生产子,俗言首子,亦使此颁字。_{音首。}俗谓以竹孤桶,古使箍字,_{音孤。}酒杓也。

昔唐末豫章有观音禅衲,且南方禅客多搭白,常以瓿器盛染色,劝令染之。今天下皆谓黄衲为观音衲也。方等者,即周遍义。《止观论》云:方等者,或言广平。今谓方也者,法也。如般若有四种方法,即四门入清凉地,故云方也。所契之理,即平等大慧,故云等也。禀顺方等二者而立戒坛也,既不拘禁忌,广大而平等之,故谓之广平也。

西王母见穆天子,作歌曰:"白云在天,山陜自出。道里悠远,山川间之。将子无死,尚能复来。"穆王曰:"余归东土,和治诸夏,万民平均。吾顾见汝,比及三年,将复而野。"余尝对东坡诵之,坡云:"决非食肉人语。"

世言枭秃鸟,非也。唐起居郎苏楷驳昭宗谥号,河朔士人目楷为衣冠土枭。

陆长源以勋德为宣武军司马,韩愈为巡官,同在使幕。或戏年辈相辽,周愿曰:"大虫老鼠。俱是十二相属,何辽之有。"旬日布于长安。

《西京杂记》云:玉之未理者为璞,死鼠未屠者亦为璞。

《刊误》云:《礼》曰:"瓜祭上环。"又曰:"吾食于少施氏而饱,少施氏食我以礼。吾祭,作而辞曰:'疏食不足祭也。'"此则祭物之意,谓神农火食,德侔造化,后人追而敬之。今代崇尚佛氏之众生,士子儒人,宜遵典教,今谓之出生也。

欧阳文忠公尝以诗荐一士人与王渭州仲仪,仲仪待之甚厚。未几赃败,仲仪归朝。见文忠公,论及此士人,文忠公笑曰:"诗不可信也如此。"

东坡再谪惠州日,一老举人年六十九为邻,其妻三十岁,诞子,为具邀公,公欣然而往。酒酣乞诗,公戏一联云:"令阁方当而立岁,贤夫已近古希年。"

襄阳时同官李友谅仲益赠张子齐思仲家歌人、团茶,予题其封云："色映宫姝粉，香传汉殿春。团团明月魄，却赠月中人。"

瓦珑矿壳浑沌钱，文如建瓴，外眉而内渠，其名瓦珑。注云："眉，谓高为眉。渠，谓疏为渠。一名魁陆。"《尔雅》"魁陆"注：《本草》云："魁状如海蛤，圆而厚，外有理纵横。"《岭表录异》云："瓦壳中有肉，紫色，曰天脔炙也。"出《海物异名》。

高力士责在骁州，咏荠菜诗为鲁直所称，云："两京作斤卖，五溪无人采。贵贱虽不同，气味故常在。"

元微之贬江陵府士曹，少年气俊，过襄阳，夜召名妓剧饮。将别，作诗云："花枝临水复临堤，也照清江也照泥。寄语东风好抬举，夜来曾有凤凰栖。"谢师厚作襄倅，闻营妓与二胥相好，此妓乞书扇子，遂改二字云："寄语东风好抬举，夜来曾有老鸦栖。"

王介甫少时作《石榴花》诗云："浓绿万枝红一点，动人春色不须多。"此老风味不薄，岂铁心木肠者哉？

东坡云：王晋卿尝暴得耳疾，意不能堪，求方于仆。仆答之曰："君是将种，断头穴胸当无所惜。两耳堪作底用，割舍不得？限三日疾去，不去，割取我耳。"晋卿洒然而悟。三日，病良已，以诗示仆云："老婆心急频相劝，令严只得三日限。我耳已聪君不割，且喜两家皆平善。"今定国所藏《挑耳图》，得之晋卿，聊识此耳。

东坡云：琴曲有《瑶池燕》，其词不协，而声亦怨咽。变其词作《闺怨》，寄陈季常去。此曲奇妙，勿妄与人云。"飞花成阵，春心困。寸寸，别肠多少愁闷。无人问，偷啼自揾，残妆粉。　抱瑶琴、寻出新韵，玉纤趁，《南风》来解幽愠。低云鬟，眉峰敛晕，娇和恨。"

晁无咎云：司马温公有言："吾无过人者，但平生所为，未尝有对人不可言者尔。"东坡云："予亦记前辈有诗云：'怕人知事莫萌心。'此言予终身守之。"

东坡云：砚之美者必费笔，不费笔则退墨，二德难兼。非独砚也，大字难结密，小字常局促，真书患不放，草书患无法，茶苦患不美，酒美患不辣。万事无不然，可以付之大笑也。

刘子仪侍郎三入翰林，颇不怿，诗云："蟠桃三窃成何味，上尽鳌头迹转孤。"移疾不出，朝士问候者继至，询之，云："虚热上攻。"石中立滑稽，在坐，云："只消一服清凉散。"意谓两府始得用青凉伞也。

东坡云：刘十五孟父论李十八公择草书，谓之鹦哥娇，意谓鹦鹉能言，不过数句，大率杂以鸟语。十八其后进以书问仆近日书如何，仆答之："可作秦吉了矣。"然仆此书自有"公在乾侯"之态也。

东坡云：久在江湖，不见伟人。在金山，见滕元发乘小舟破巨浪来相见，出船巍然，使人神耸，好一个没兴底张镐相公。且为我致意，别后酒狂甚长进也。杜甫诗云："张公一生江海客，身长九尺须眉苍。"谓张镐也。萧嵩荐云："用之则为帝王师，不用则穷谷一迁叟耳。"

东坡题鲁直草书《尔雅》后云："鲁直以真实心出游戏法，以平等观作欹侧字，以磊落人录细碎书，亦三反也。"

东坡书与毛国镇云："岁行尽矣，风雨凄然，纸窗竹屋，灯火青荧。时于此有少佳趣，无缘持献，独享为愧。"想当一笑也。

东坡云：皎然禅师《赠吴凭处士》诗云："世人不知心是道，只言道在他方妙。还如瞽者望长安，长安在西东向笑。"东坡代答云："寒时便是热时风，饥汉那知食药功。莫怪禅师西向笑，缘师身在长安东。"

唐东京宫城，东西四里一百八十八步，南北二里八十五步，周回十三里二百四十一步，高四丈八尺。西京宫城，东西四里，南北二里二百七十步，周回十三里八十步，高三丈五尺。本朝东京宫城，周回五里。旧城周回二十里一百五十五步}即汴州城。唐建中二年，节度使李勉重筑。国初号曰阙城，亦曰里城。新城乃周世宗显德二年四月诏别筑。新城周回四十八里二百三十三步，号曰外城，又曰罗城，亦曰新城。元丰中裕陵命内侍宋用臣重筑之。

王介甫诡诈不通。外除，自金陵过扬州，刘原父作守，以州郡礼邀之，遂留。方营妓列庭下，介甫作色，不肯就坐。原父辨论久之，遂去营妓，顾介甫曰："烧车与船。"延之上坐。

元丰末，有以王介甫罢相归金陵后资用不足，达裕陵睿听者，上即遣使，以黄金二百两就赐之。介甫初喜，意召己；既知赐金，不悦，即不受，举送蒋山修寺，为朝廷祈福。裕陵闻之不喜。即有诗云："穰侯老擅关中事，尝恐诸侯客子来。我亦暮年专一壑，每闻车马便惊猜。"此未能忘情在丘壑者也。

介甫熙宁初首被选擢，得君之专，前古未有。罢政归金陵，作《日录》七十卷，前朝旧德大臣及当时名士不附己者，诋毁至无一完人者。其间论法度有不便于民者，皆归于上；可以垂耀于后世者，悉己有之。故建中靖国之初，谏官陈瓘极力论其婿蔡卞之恶，曰："安石临终，戒其家焚之，悔其作也。卞留之。至绍圣间作尚书右丞，尽编入裕陵国史中，遂行之。"瓘所谓"遵私史而压宗庙"是也。士大夫忠愤者有诗云："训释《诗》《书》日月明，纷纷法令下朝廷。不知心本缘何事，苦劝君王用肉刑。"又云："每愧先生道绝伦，古来归美是忠臣。门人李汉真堪罪，何用垂编示后人！"陈瓘进《日录辨表》，略云：神考之信任安石，虽成汤之于伊尹，不过如此。安石密赞之言，强谏之语，何必尽宣于外，然后见君臣相得之盛乎？遂就裕陵忌日，作饭僧疏文，指十事奏之。

尝读岑崏起作《吉凶影响录》，载李林甫创一堂，有却月之形，名曰月堂。欲破人家族，则入堂精思极虑，悦而出堂，即人家被戮矣。后有毛人，锯牙钩爪，以手戟林甫而怒逐之。后有斫棺之祸，恶之者有诗云："却月堂中喜色新，明朝应有破家人。禄山反噬家还破，须信难欺是鬼神。"或有大臣独任国柄者，行住坐卧四威仪中，念念害物，处处杀人，非止一月堂而已也。

《海物异名》云：江珧柱，厥甲美如瑶玉，肉柱肤寸，曰江珧柱。郭景纯《江赋》云："玉珧海月，吐纳石华。"退之谓马柱甲，是此也。世人不用此"珧"字，是未知耳。又苗虾状蜈蚣而拥楯，曰虾公。

水鸡，蛙也。水族中厥味可荐者。鸡，郭璞注《尔雅》云：一名水鸭。

语儿梨，果实之珍，因其地名耳。前汉封榬终古为语儿侯。孟康曰：语儿，越中地名。

陶人之为器，有酒经焉。晋安人盛酒以瓦壶，其制，小颈，环口，修腹，受一斗，可以盛酒。凡馈人牲，兼以酒置。书云：酒一经或二经，至五经焉。他境人有游于是邦，不达其义，闻五经至，束带迎于门，乃知是酒五瓶为五经焉。

卷第四

韩康公绛子华谢事后，自颍入京看上元，至十六日私第会从官九人，皆门生故吏，尽一时名德，如傅钦之、胡完夫、钱穆父、东坡、刘贡父、顾子敦皆在坐。钱穆父知府至晚，子华不悦，坡云："今日为本殿烧香人多留住。"坐客大笑。钱形肖九子母丈夫也。方坐，出家妓十余人。中燕后，子华新宠鲁生舞罢，为游蜂所螫，子华意不甚怪。久之呼出，持白圆扇从东坡乞诗。坡书云："窗摇细浪鱼吹日，舞罢花枝蜂绕衣。不觉南风吹酒醒，空教明月照人归。"上句记姓，下句书蜂事。康公大喜，坡云："惟恐他姬斯赖，故云耳。"客皆大笑。

旧学士院壁间有题云："李阳生，指李树为姓，生而知之。"久无对者。杨大年为学士，乃对云："马援死，以马革裹尸，死而后已。"江邻幾云。上句杨大年酒令，下句董宗旦对。

天圣中，《贺五王出阁启》云：芝函晓列，星飞降天上之书；棣萼晨辉，岳立受日中之字。隐"五"字、"王"字也。

东坡云：近在苏州，有一僧旷达好饮，以醉死。将瞑，自作祭文云："唯灵生在阎浮提，不贪不妒，爱吃酒子，倒街卧路。想汝直待生兜率天，尔时方断得住。何以故？净土之中，无酒得沽。"

鲁直尝言：髯多人疏秀者必贵密，而泛短者必神气不足。驸马都尉王晋卿与殿帅曹贯道皆无须，每指须多者为中相法。晋卿尚贵主，尝过巩、洛间，道旁有后唐庄宗庙，默念始治终乱，意斯人必胡。及观神像，两眼外皆髭也。晋卿作诗寄贯道云："代梁继李号良图，却惑歌儿便丧躯。试拂尘埃觇遗像，元来满面是髭须。"

熙宁中，郑侠上书，事作下狱，悉治平时所往还厚善者，晏几道叔原皆在数中。侠家搜得叔原与侠诗云："小白长红又满枝，筑球场外独支颐。春风自是人间客，主张繁华得几时？"裕陵称之，即令释出。

圆通禅师秀老，本关西人，立身峻洁如铁壁，得法于义怀禅师。不肯出世，作颂云："谁能一日三梳头，撮得髻根牢便休。大抵是他肌骨好，不施红粉也风流。"

文潜《夜直馆中》诗云："苍龙挂斗寒垂地，翡翠浮花暖作春。"江邻几《杂志》。

东坡游庐山汤泉，阅留题百余篇，爱遵老一偈云："禅庭谁作石龙头，龙口汤泉沸不休。直待众生尘垢尽，我方清冷混常流。"坡戏作一绝云："石龙有口却无根，自在流泉谁吐吞？若信众生本无垢，此泉何处觅寒温。"

熙宁中，有道人过沈东老饮酒，用石榴皮写绝句于壁，自称回山人。东老送出门，至石桥上，先渡桥数十步，不知所在。或曰："此吕先生也。"诗云："西邻已富忧不足，东老虽贫乐有余。白酒酿来缘好客，黄金散尽为收书。"七年，坡过晋陵，见东老之子，能道其事。时东老已殁三年矣。坡为和其诗。

唐末五代，权臣执政，公然交赂，科第差除，各有等差。故当时语云："及第不必读书，作官何须事业。"

东坡在黄州，尝书云：东坡居士自今日已往，早晚饮食，不过一爵一肉。有尊客盛馔，则三之。可损不可增。有召我者，预以此告之。主人不从而过是乃止。一曰安分以养福，二曰宽胃以养气，三曰省费以养财。

东坡论茶云：除烦去腻，世固不可无茶，然暗中损人不少。昔人云：自茗饮盛后，人多患气不患黄，虽损益相半，而消阳助阴，不偿损也。吾有一法，常自修之：每食已，辄以浓茶漱口颊，腻既去而脾胃不知。凡肉之在齿间者，得茶漱浸乃不觉脱去，不烦剌挑也。而齿性便苦，缘此渐坚密，蠹病自已。然率用中下茶，其上者亦不常有。间数日一啜，亦不为害也。此大是有理，而人罕知者，故详述云。《大唐新语》曰：右补阙毋煚，博学有著述才。性不饮茶，著《茶饮序》云：释滞消壅，一日之利暂佳；瘠气侵精，终身之累则大。获益则功归茶力，贻祸则不谓茶灾。岂非福近易知，祸远难见者乎？

东坡云："诸葛氏笔，譬如内库法酒。北苑茶，他处纵有嘉者，殆难得其仿佛。"余续之曰："上阁衙香、仪鸾司椽烛、京师妇人梳妆与脚，天下所不及。"公大笑。

江邻幾《杂志》云：陈执中馆伴虏使，问随行仪鸾司缘何有此名，不能对。或云：隋大业中，鸾集于供帐库，遂名此。

邻幾云：刘师颜视月占水旱，问之云："谚有之：月如悬弓，少雨多风。月如仰瓦，不求自下。"

同州民谓沾足为烂雨。

长安北禅寺石笋，郑天休资政题十字云："春到不择地，石旁花自开。"刊之。江邻幾《杂志》。

沈文通云：省副陈洎死后，婢附语云："当为贵神，坐不葬父母，今为贱鬼，足颈皆生长毛。"比来士大夫多不葬亲，致身后子孙不振，遂不克葬，生毛必矣。余录此事，政以劝亲旧之不葬亲者。

内库酒法，自柴世宗破河中李守正，得匠人至汴，迄今用其法。

晏公称国初李度诗云："醉轻浮世事，老重故乡人。"

京师元夕，放灯三夜，钱氏纳土，进钱买两夜，今十七十八夜灯，因钱氏而添之。江邻幾《杂志》。

滕元发云：一善医者，唯取《本草》白字药用之，多验。苏子容云：黑字者是后汉人益之。

唐人说李邕平生撰碑八百首。

药方中一大两，即今之三两。隋合三两为一两。江邻幾《杂志》。

唐杨巨源诗云："炉香添柳重，宫漏出花迟。"后尝为诗题。

王文穆罢相，知杭州，朝士送之诗，唯陈从易学士云："千重浪里平安过，百尺竿头稳下来。"冀公爱之。江邻幾《杂志》。

唐昭宗养一猴，衣以俳优服，常在左右，谓之猴部头。朱全忠篡后，因御筵引至坐侧，视梁祖，忽奔走号掷，裂其冠服。全忠叱令杀之。唐之臣得不愧怍！

东坡云：吾酒后乘兴作数十字，觉酒气拂拂从十指出也。大是妙语。

东坡云：仆为吴兴守，有《游飞英寺》诗云："微雨止还作，小窗幽更妍。盆山不见日，草木自苍然。"非至吴越，不见此景。

东坡少时梦召入禁中，一宫人引行，见风吹裙带在笏上，有诗云："百叠漪漪水皱，六铢縰縰云轻。植立含风广殿，微闻环珮摇声。"既至小殿，裕陵坐其上脱丝鞋，令坡铭之。坡即书云："寒女之丝，铢积寸累。步武所临，云生雷起。"裕陵称赏。

古语云：斛满人概之，人满神概之。

十月为良月者，谓盈数也。

昔人有云：古人有道去处去，世上无人行处行。

一大弓长五肘，小弓长四肘。

艾一名冰台，一名医草。

退之诗有"百年未满不免死，且可勤买抛青春"。抛青春，酒名。亦有酒名松醪春，唐人酒多以"春"为名。

草之始生曰黄。小门曰闺。南北曰阡，东西曰陌。有垣曰苑，无垣曰圃。帛之总名曰缯。大波为澜，小波为沦。

天弓即虹也，又谓之帝弓。明者为虹，暗者为霓。

寺者，嗣也。治事者相嗣续于其中也。

绀者，青而含赤色也。

黄鹂，关中谓之楚雀。

年纪者，纪，记也，记其年之数。

酒所以治病，药非酒不散。

畴匹，王逸注《楚词》云："二人为匹，四人为畴。"

宗叶者，宗本也，叶世也，谓族类繁盛也。

错综，谓错要其文，综理其义也。

曾子固曰：王平甫熙宁癸丑岁直宿崇文院，梦有邀之至海上，见海水中宫殿甚盛，其中作乐，笙箫鼓吹之妓甚众，题其名曰灵芝宫。邀之者欲俱往，有人在宫侧，隔水谓曰："时未至，且令去，他日当迎之。"至此恍惚梦觉，时禁中已鸣钟。平甫颇自负不凡，为诗记之曰："万顷波涛水叶飞，笙箫宫殿号灵芝。挥毫不似人间世，长乐钟声梦觉时。"后四年，平甫病卒，其家哭讯之曰："君尝梦往灵芝宫，果然乎？"卜曰："然。"昔人至海上蓬莱，见楼台中有待乐天之宫，乐天为诗以志，与平甫之梦盖相似。二人皆天才逸发，其精神所寓，必有异者，盖有之而不可穷也。其家哭请书其事，故为之书。

《苍颉解诂》云："种树曰园，种菜曰圃。"

埏埴者，埏，蹂也，击也。亦和也。埴，水和土以成器。

宴飨者，黄逵曰："不脱屦而升者曰宴。"

三王各有狱之别名：夏曰夏台，商曰羑里，周曰圄圉。

王逸注《楚词》云："有菜曰羹，无菜曰臛。"

孔安国注《尚书》云："杀敌为果，致果为毅。"

细切曰虀，全物曰菹。今中国皆言虀，江南皆言菹。

田畴者，田，种禾稼者也。畴，耕地也。

寮，窗也。《苍颉》云："寮，小室也。"《说文》云："寮，穿也。"

脱者，可也，尔也，谓不定之词。汉、晋人多言脱如何，亦或也。

《汉书》云："日月薄蚀。"韦昭曰："气往迫之曰薄，亏毁曰蚀。"女曰婴，男曰儿。《释名》云："人始生曰婴儿。胸前曰婴，抱之婴前而乳养之，故曰婴儿。"

四衢，四达之谓也。郭璞曰："交道四出也。"《释名》云："齐、晋谓四齿杷为欋。欋杷地则有四处，此道似之，因名焉。"

皋卢，茶名也。皮日休云："石盆煎皋卢。"

唐茶，东川有神泉昌明，白公诗使"绿昌明"是也。

东坡云：予去杭十七年，复与彭城张圣涂、丹阳陈辅之同来院，僧梵英葺治堂宇，比旧加严洁，茗饮芳冽。问此新茶耶？英曰："茶新旧交则香味复。"予尝见知琴者言：琴不百年，则桐之生意不尽，缓急清浊，常与雨旸寒暑相应。此理与茶相近，故并记之。

东坡与司马温公论茶墨，温公曰："茶与墨正相反：茶欲白，墨欲黑，茶欲重，墨欲轻；茶欲新，墨欲陈。"予曰："二物之质诚然，然亦有同者。"公曰："谓何？"予曰："奇茶妙墨皆香，是其德同也；皆坚，是其性同也。譬如贤士君子，妍丑黔皙之不同，其德操韫藏，实无以异。"公笑以为是。

晏元献公作相，因雪设客，如欧阳文忠公辈在坐。时西方用兵，欧公有诗云："可怜铁甲冷彻骨，四十余万屯边兵。"次日，蔡襄遂言其事，晏坐此罢相。公曰："唐裴度作相，亦曾邀文士饮，如退之但作诗云：'园林穷胜事，钟鼓乐清时。'几曾如此合闹。"

唐兴元有知马者李幼清，暇日常取适于马肆。有致悍马于肆者，结缳交络其头，二力士以木夹支其颐，三四辈执棁而从之。马气色如将噬，有不可驭之状。幼清迫而察之，讯于主者，且曰："马恶无不具也，将货焉，唯其所酬耳。"幼清以三万易之，马主惭其多。既而聚观者数百辈，诘幼清，幼清曰："此马气色骏异，体骨德度，了非凡马。是必主者不知，俾杂驽辈，槽栈陷败，粪秽狼籍，刷涤不时，刍秣不适，蹄啮蹂奋，寋跂唐突，志性郁塞，终不得伸，久无所赖，发而狂躁，则无不为也。"既晡，观者少间，乃别市一新络头，幼清自持，徐而语之曰："尔才性不为人知，吾为汝易是锁结秽杂之物。"马弭耳引首。幼清自负其知，乃汤沐剪刷，别其槽栈，异其刍秣。数日而神气小变，逾月而大变，志性如君子，步骤如俊乂，嘶如龙，颜如凤，乃天下之骏乘也。

元祐六年，汝阴久雪。一日天未明，东坡来召议事，曰："某一夕不寐，念颍人之饥，欲出百余千造饼救之。老妻谓某曰：'子昨过陈，见傅钦之言签判在陈赈济有功，何不问其赈济之法？'某遂相召。"余笑谢曰："已备之矣。今细民之困，不过食与火耳。义仓之积谷数千硕，可以支散以救下民；作院有炭数万称，酒务有余柴数十万称，依原价卖之，二事可济下民。"坡曰："吾事济矣。"遂草放积欠赈济奏，檄上台寺。教授陈履常闻之，有诗："掠地冲风敌万人，蔽天密雪幾微尘。漫山塞壑疑无地，投隙穿帷巧致身。映积读书今已老，闭门高卧不缘贫。遥知更上湖边寺，一笑潜回万宝春。"坡次韵曰："可怜扰扰雪中人，饥饱终同寓一尘。老桧作花真强项，冻鸢储肉巧谋身。忍寒吟咏君堪笑，得暖欢呼我未贫。坐听屦声知有路，拥裘来看玉梅春。"予次韵曰："坎壈中年坐废人，老来貌鼎视埃尘。铁霜带面惟忧国，机阱当前不为身。发廪已康诸县命，蠲逋一洗几年贫。归来又扫宽民奏，惭愧毫端尔许春。"

元祐七年正月，东坡先生在汝阴州，堂前梅花大开，月色鲜霁。先生王夫人曰："春月色胜如秋月色，秋月色令人凄惨，春月色令人和悦，何如召赵德麟辈来饮此花下？"先生大喜，曰："吾不知子能诗耶？此真诗家语耳。"遂相召，与二欧饮。用是语作《减字木兰》词云："春庭月午，影落春醪光欲舞。步转回廊，半落梅花婉娩香。　　轻风薄雾，都是少年行乐处。不似秋光，只共离人照断肠。"

　　延安夫人，系苏丞相子容之妹也。有寄季玉妹《更漏子》词云：
"小阑干，深院宇，依旧当时别处。朱户锁，玉楼空，一帘霜日红。
　弄珠江，何处是，望断碧云无际。凝泪眼，出重城，隔溪羌笛声。"

卷第五

辨传奇莺莺事

王性之作《传奇辨正》云：尝读苏翰林赠张子野诗，有云："诗人老去莺莺在。"注言所谓张生，乃张籍也。仆按：元微之所传奇莺莺事，在贞元十六年春；又言明年生文战不利，乃在十七年。而唐《登科记》：张籍以贞元十五年商郢下登科。既先二年，决非张籍明矣。每观其文，抚卷叹息，未知张生果为何人，意其非微之一等人，不可当也。会清源庄季裕为仆言：友人杨阜公尝得微之所作《姨母郑氏墓志》云：其既丧夫，遭军乱，微之为保护其家备至。则所谓《传奇》者，盖微之自叙，特假他姓以自避耳。仆退而考微之《长庆集》，不见所谓郑氏志文，岂仆家所收未完，或别有他本尔。然细味微之所序，及考于他书，则与季裕所说皆合。盖昔人事有悖于义者，多托之鬼神梦寐，或假之他人，或云见他书，后世犹可考也。微之心不自聊，既出之翰墨，姑易其姓氏耳。不然，为人叙事，安能委曲详尽如此？按乐天作《微之墓志》，以大和五年薨，年五十三。则当以大历十四年己未生，至贞元十六年庚辰，正二十二岁矣。《传奇》言生年二十二岁，未知女色。又韩退之作《微之妻韦丛墓志》文：作婿韦氏时，微之始以选为校书郎。正《传奇》所谓后岁余，生亦有所娶者也。贞元十八年，微之始中书判拔萃授校书郎，二十四岁矣。又微之作《陆氏姊志》云：予外祖父授睦州刺史郑济。白乐天作《微之母郑夫人志》，亦言郑济女。而唐《崔氏谱》：永宁尉鹏，亦娶郑济女。则莺莺者乃崔鹏之女，于微之为中表，正《传奇》所谓郑氏为异派之从母者也。非特此而已，仆家有微之作《元氏古艳诗》百余篇，中有《春词》二首，其间皆隐"莺"字，《传奇》言立缀《春词》二首以授之，不书讳字者，即此意。及自有《莺莺诗》、《离思诗》、《杂忆诗》，与《传奇》所载，犹一家说也。又有《古决绝词》、《梦游春词》，前叙所遇，后言舍之以义。又叙娶韦氏之年，与此无少异者。《梦游春词》云："当年二纪初，佳节三星度。韦门正全盛，出入多欢裕。"二纪初，谓二十四岁也。其诗中多言双文，意谓二莺字为双文也。并书于后，使览之者可考焉。又意《古艳诗》，多微之专因莺莺而作无疑。又微之百韵诗《寄乐天》云："山岫当阶翠，墙花拂面枝。莺声爱娇小，燕翼玩逶迤。"注云：昔予赋诗云："为见墙头拂面花。"时唯乐天知此事。又云：幼年与蒲中诗人杨巨源友善，日课诗。《传奇》言生发其书于所知，予亦闻其说。生所善杨巨源为赋《崔娘》诗一绝。凡是数端，有一于此，可验决为微之无疑，况于如是之众也。然必更以张生者，岂元与张受姓命氏本同所自出耶？张姓出黄帝之后，元姓亦然，后为拓拔氏。后魏有国，改号元氏。仆性喜讨论，考合同异，每闻一事隐而未见，或可见而事不同，如瓦砾之在怀，必欲讨阅归于一说而后已。尝谓读千载之书，而探千载之迹，必须尽见当时事理，如身履其间，丝分缕解，始终备尽，乃可以置议论。若略执一言一事，未见其余，则事之相戾者多矣。又谓前世之事，无不可考者，特学者观书少而未见尔。微之所遇合，虽涉于流宕自放，不中礼义，然名辈风流余韵，照映后世，亦人间可喜事，而士之臻此者特鲜也。虽巧为避就，然意微而显，见于微之其他文辞者彰著又如此，故反复抑扬，张而明之，以信其说。他时见所谓《姨母郑氏志》文，当详载于后云。

微之《古艳诗·春词》云："春来频到宋家东，垂袖开怀待好风。莺藏柳暗无人语，唯有墙花满树红。""深院无人草树光，娇莺不语趁阴藏。等闲弄水浮花片，流出门前赚阮郎。"《莺莺诗》云："殷红浅碧旧衣裳，取次梳头暗淡妆。夜合带烟笼晓月，牡丹经雨泣残阳。依稀似笑还非笑，仿佛闻香不是香。频动横波嗔不语，等闲教见小儿郎。"《离思》云："自爱残妆晓镜中，镮钗谩篸绿丝丛。须臾日射胭脂颊，一朵红酥旋欲融。""山泉散漫绕阶流，万树桃花映小楼。闲读道书慵未起，水晶帘下看梳头。""红罗著压逐时新，杏子花纱嫩曲尘。第一莫嫌才地弱，些些纰缦最宜人。""曾经沧海难为水，除却巫山不是云。取次花丛懒回顾，半缘修道半缘君。""寻常百种花齐发，偏摘梨花与白人。今日江头两三树，可怜枝叶度残春。"《春晓》云："半欲天明半未明，醉闻花气睡闻莺。娃儿撼起钟声动，二十年前晓寺情。"《古决绝词》云："乍可为天上牵牛织女星，不愿为庭前红槿枝。七月七日一相见，相见故心终不移。那能朝开暮飞去，一任东西南北吹。分不两相守，恨不两相思。对面且如此，背面当可知。春风撩乱伯劳语，况是此时抛去时。握手苦相问，竟不言后期。君情既决绝，妾意已参差。借如死生别，安得长苦悲！"又云："噫春冰之将泮，何余怀之独结？有美一人，于焉旷绝。一日不见，比一日于三年，况三年之间别。水得风兮小而已波，笋在苞兮高不见节。矧桃李之当春，竟众人而攀折。我自顾悠悠而若云，又安能保君皑皑之如雪？感破镜之分明，睹泪痕之余血。幸他人之既不我先，又安能使他人之终不我夺？已焉哉！织女别黄姑，一年一度暂相见，彼此隔河何事无。"又云："夜夜相抱眠，幽怀尚沉结。那堪一年事，长遣一宵说。但感久相思，何暇暂相悦。虹桥薄夜成，龙驾侵晨列。生憎野鹊性迟回，死恨天鸡识时节。曙色渐瞳昽，华星欲明灭。一去又一年，一年何可彻。有此迢递期，不如死生别。天公信是妒相怜，何不便教相决绝！"《杂忆》云："今年寒食月无光，夜色才侵已上床。忆得双文通内里，玉栊深处暗闻香。""花笼微月竹笼烟，百尺丝绳拂地悬。忆得双文人静后，潜教桃叶送秋千。""寒轻夜浅绕回廊，不辨花丛暗辨香。忆得双文笼月下，小楼前后捉迷藏。""山榴似火叶相兼，半拂低墙半拂檐。忆得双文独披掩，满头花草倚新帘。""春冰消尽碧波湖，漾影残霞似有无。忆得双文衫子薄，钿头云映褪红酥。"《赠双文》云："艳极翻含态，怜多转自娇。有时还暂笑，闲坐更无聊。晓月行堪坠，春酥见欲消。何因肯《垂手》，不敢望《回腰》。"《梦游春》云："昔岁梦游春，梦游何所遇？梦入深洞中，果遂平生趣。清泠浅漫流，画舸兰篙渡。过尽万株桃，盘旋竹林路。长廊抱小楼，门牖相回互。楼下杂花丛，丛边绕鹍鹭。池光漾霞影，晓日初明煦。未敢上阶行，频移曲池步。乌龙不作声，碧玉曾相慕。渐到帘幕间，徘徊意犹惧。闲窥东西阁，奇玩参差布。隔子碧油糊，驼钩紫金镀。逡巡日渐高，影响人将寤。鹦鹉饥乱鸣，娇狂睡犹怒。帘开侍儿起，见我遥相谕。铺设绣红裀，施张钿装具。潜褰翡翠帷，瞥见珊瑚树。不辨花貌人，空惊香若雾。身回夜合偏，态敛晨霞聚。睡脸桃破风，汗妆莲委露。丛梳百叶髻，金蹙重台屦。纰软钿头裙,玲珑合欢裤。鲜妍脂粉薄,暗淡衣裳故。最似红牡丹,雨来春欲暮。梦魂良易惊,灵境难久寓。夜夜望天河,无由重沿溯。结念心所期,返如禅顿悟。觉来八九年,不向花回顾。杂合两京春,喧阗众禽护。我到看花时,但作怀仙句。浮生转经历,道性尤坚固。近作梦仙诗,亦知劳肺腑。一梦何足云,良时事婚娶。当年二纪初,佳节三星度。朝蕣玉佩迎,高松女萝附。韦门正全盛,出入多欢裕。"云云。乐天《和微之梦游仙诗序》云"斯言也,不可使不知吾者知,知吾者亦不可使不知。乐天,知吾者也,吾不敢不使吾子知。予辱斯言,三复其旨,大抵悔既往而悟将来也"云云,正谓此事,非张籍益明矣。

微 之 年 谱

己未代宗大历十四年是岁微之生。 庚申德宗建中元年、辛酉至甲子兴元元年是岁崔氏生。 乙丑贞元元年、丙寅至癸酉九年是岁微之明经及第。 甲戌至己卯十五年十二月辛未,咸宁王浑瑊薨于蒲,丁文雅不能御军,遂作乱。 庚辰十六年是岁微之年二十二。《传奇》言:生年二十二,未近女色。崔氏年十七。《传奇》言:于今之贞元庚辰,十七年矣。 辛巳十七年是岁微之年二十三。《传奇》言:生以文调西去,所谓文战不利,遂止京师。崔氏书所谓"春气多厉",正次年春也。 壬午十八年是岁微之年二十四,以中书判第四等,授校书郎。《传奇》言:后岁余,崔亦委身于人。生亦有所娶。按退之作《微之妻韦丛志》曰:选婿得积,始以选授校书郎。即与微之《梦游春》"二纪初"、"三星度"所谓有所娶之言同。 癸未十九年至乙酉顺宗永正元年、丙戌宪宗永和元年是岁微之年二十八岁,中才识兼茂明于体用科第,拜左拾遗,出为河南尉。 丁亥戊子二年是岁授监察御史。 己丑四年是岁娶韦氏,年二十七。庚寅五年是岁贬江陵士曹。 辛卯至甲午九年是岁徙唐州从事。 乙未十年是岁召入都,徙通州司马。 丙申至己亥十四年是岁徙虢州长史,为膳部员外郎。庚子十五年是岁穆宗即位,转祠部郎中,知制诰。 辛丑穆宗长庆元年是岁权翰林学士、工部侍郎、平章事。 壬寅三年是岁出为同州刺史。 癸卯、甲辰四年是岁移浙东观察使、越州刺史。 乙巳敬宗宝历元年、丁未文宗大和元年、己酉三年是岁召为尚书右丞,旋改鄂岳节度使。 庚戌辛亥五年是岁薨于镇,年五十三。

元微之崔莺莺商调蝶恋花词

　　夫《传奇》者,唐元微之所述也。以不载于本集而出于小说,或疑其非是。今观其词,自非大手笔,孰能与于此? 至今士大夫极谈幽玄,访奇述异,无不举此以为美话;至于娼优女子,皆能调说大略。惜乎不被之以音律,故不能播之声乐,形之管弦。好事君子极饮肆欢之际,愿欲一听其说,或举其末而忘其本,或纪其略而不及终其篇,此吾曹之所共恨者也。今于暇日详观其文,略其烦亵,分之为十章。每章之下,属之以词,或全摭其文,或止取其意。又别为一曲,载之传前,先叙前篇之义,调曰商调,曲名《蝶恋花》。句句言情,篇篇见意,奉劳歌伴,先定格调,后听芜词:

　　　　丽质仙娥生月殿,谪向人间,未免凡情乱。宋玉墙东流美盼,乱花深处曾相见。　　密意浓欢方有便,不奈浮名,旋遣轻分散。最恨多才情太浅,等闲不念离人怨。

　　《传》曰:余所善张君,性温茂,美丰仪,寓于蒲之普救寺。适有崔氏孀妇将归长安,路出于蒲,亦止兹寺。崔氏妇,郑女也。张出于郑,绪其亲乃异派之从母。是岁丁文雅不善于军,军人因丧而扰,大掠蒲人。崔氏之家财产甚厚,多奴仆,旅寓惶骇,不知所措。先是,张与蒲将之党有善,请吏护之,遂不及于难。郑厚张之德甚,因饰馔以命张,中堂宴之。复谓张曰:“姨之孤嫠未亡,提携幼稚,不幸属师徒大溃,实不保其身,弱子幼女,犹君之所生也,岂可比常恩哉? 今俾以仁兄之礼奉见,冀所以报恩也。”乃命其子曰欢郎,可十余岁,容甚温美,次命女曰莺莺:“出拜尔兄,尔兄活尔。”久之,辞疾。郑怒曰:“张兄保尔之命,不然,尔且虏矣,能复远嫌乎!”又久之乃至,常服晬容,不加新饰,垂鬟浅黛,双脸断红而已,颜色艳异,光辉动人。张惊为之礼,因坐郑旁,凝睇怨绝,若不胜其体。张问其年几,郑曰:“十七岁矣。”张生稍以词导之,不对。终席而罢。奉劳歌伴,再和前声:

　　　　锦额重帘深几许,绣履弯弯,未省离朱户。强出娇羞都不语，绛绡频掩酥胸素。　　黛浅愁红妆淡伫，怨绝情凝，不肯聊回顾。媚脸未匀新泪污，梅英犹带春朝露。

张生自是惑之，愿致其情，无由得也。崔之婢曰红娘，生私为之礼者数四，乘间遂道其衷。翌日复至，曰："郎之言所不敢言，亦不敢泄。然而崔之族姻，君所详也，何不因其媒而求娶焉？"张曰："予始自孩提时性不苟合，昨日一席间几不自持。数日来行忘止，食忘饭，恐不能逾旦暮。若因媒氏而娶，纳采、问名则三数月间，索我于枯鱼之肆矣！"婢曰："崔之贞顺自保，虽所尊不可以非语犯之。然而善属文，往往沉吟章句，怨慕者久之。君试为谕情诗以乱之，不然，无由得也。"张大喜，立缀《春词》二首以授之。奉劳歌伴，再和前声：

懊恼娇痴情未惯，不道看看，役得人肠断。万语千言都不管，兰房跬步如天远。　　废寝忘餐思想遍，赖有青鸾，不必凭鱼雁。密写香笺论缱绻，《春词》一纸芳心乱。

是夕红娘复至，持彩笺以授张曰："崔所命也。"题其篇云"明月三五夜"，其词曰："待月西厢下，迎风户半开。拂墙花影动，疑是玉人来。"奉劳歌伴，再和前声：

庭院黄昏春雨霁，一缕深心，百种成牵系。青翼蓦然来报喜，鱼笺微谕相容意。　　待月西厢人不寐，帘影摇光，朱户犹慵闭。花动拂墙红萼坠，分明疑是情人至。

张亦微谕其旨，是夕岁二月旬又四日矣。崔之东墙有杏花一树，攀援可逾。既望之夕，张因梯其树而逾焉。达于西厢，则户半开矣。无几，红娘复来，连曰："至矣，至矣。"张生且喜且骇，谓必获济。及女至，则端服俨容，大数张曰："兄之恩活我家厚矣，由是慈母以弱子幼女见依，奈何因不令之婢，致淫泆之词？始以护人之乱为义，而终掠乱而求之，是以乱易乱，其去几何！诚欲寝其词，则保人之奸不义；明之母，则背人之惠不祥；将寄于婢妾，又恐不得发其真诚。是用托于短章，愿自陈启，犹惧兄之见难，是用鄙靡之词，以求其必至。非礼之动，能不愧心？特愿以礼自持，毋及于乱。"言毕，翻然而逝。张自失者久之，复逾而出，由是绝望矣。奉劳歌伴，再和前声：

　　　　屈指幽期唯恐误，恰到春宵，明月当三五。红影压墙花密
　　处，花阴便是桃源路。　　　不谓兰诚金石固，敛袂怡声，浞把多
　　才数。惆怅空回谁共语，只应化作朝云去。

　　后数夕，张君临轩独寝，忽有人觉之，惊欷而起，则红娘敛衾携枕
而至，抚张曰："至矣，至矣，睡何为哉？"并枕重衾而去。张生拭目危
坐，久之，犹疑梦寐。俄而红娘捧崔而至，则娇羞融冶，力不能运支
体，曩时之端庄不复同矣。是夕旬有八日，斜月晶莹，幽辉半床，张生
飘飘然，且疑神仙之徒，不谓从人间至也。有顷，寺钟鸣晓，红娘促
去，崔氏娇啼宛转，红娘又捧而去。终夕无一言。张生辨色而兴，自
疑曰："岂其梦耶？"所可明者，妆在臂，香在衣，泪光荧荧然，犹莹于茵
席而已。奉劳歌伴，再和前声：

　　　　数夕孤眠如度岁，将谓今生，会合终无计。正是断肠凝望
　　际，云心捧得嫦娥至。　　　玉困花柔羞拭泪，端丽妖娆，不与前
　　时比。人去月斜疑梦寐，衣香犹在妆留臂。

　　是后又十余日，杳不复知。张生赋《会真诗》三十韵未毕，红娘适
至，因授之，以贻崔氏。自是复容之，朝隐而出，暮隐而入，同安于曩
所谓西厢者几一月矣。张生将之长安，先以情谕之，崔氏宛无难词，
然愁怨之容动人矣。欲行之再夕，不复可见，而张生遂西。奉劳歌
伴，再和前声：

　　　　一梦行云还暂阻，尽把深诚，缀作新诗句。幸有青鸾堪密
　　付，良宵从此无虚度。　　　两意相欢朝又暮，争奈郎鞭，暂指长
　　安路。最是动人愁怨处，离情盈抱终无语。

　　不数月，张生复游于蒲，舍于崔氏者又累月。张雅知崔氏善属
文，求索再三，终不可见。虽待张之意甚厚，然未尝以词继之。异时
独夜操琴，愁弄凄恻。张窃听之，求之则不复鼓矣。以是愈惑之。张
生俄以文调及期，又当西去。临去之夕，崔恭貌怡声，徐谓张曰："始
乱之，今弃之，固其宜矣，愚不敢恨。必也君始之，君终之，君之惠也，

则没身之誓,其有终矣。又何必深憾于此行。然而君既不怿,无以奉宁。君尝谓我善鼓琴,今且往矣,既达君此诚。"因命拂琴,鼓《霓裳羽衣序》,不数声,哀音怨乱,不复知其是曲也,左右皆欷歔,张亦遽止之。崔投琴拥面,泣下流涟,趋归郑所。遂不复至。奉劳歌伴,再和前声:

> 碧沼鸳鸯交颈舞,正恁双栖,又遣分飞去。洒翰赠言终不许,援琴请尽奴衷素。　曲未成声先怨慕,忍泪凝情,强作《霓裳序》。弹到离愁凄咽处,弦肠俱断梨花雨。

诘旦,张生遂行。明年,文战不利,遂止于京,因贻书于崔,以广其意。崔氏缄报之词,粗载于此曰:"捧览来问,抚爱过深,儿女之情,悲喜交集。兼惠花胜一合,口脂五寸,致耀首膏唇之饰,虽荷多惠,谁复为容? 睹物增怀,但积悲叹耳。伏承便于京中就业,于进修之道,固在便安,但恨鄙陋之人,永以遐弃。命也如此,知复何言! 自去秋以来,尝忽忽如有所失,于喧哗之下,或勉为笑语,闲宵自处,无不泪零。乃至梦寐之间,亦多叙感咽离忧之思。绸缪缱绻,暂若寻常;幽会未终,惊魂已断。虽半衾如暖,而思之甚遥。一昨拜辞,倏逾旧岁。长安行乐之地,触绪牵情,何幸不忘幽微,眷念无致。鄙薄之志,无以奉酬,至于终始之盟,则固不忒。鄙昔中表相因,或同宴处,婢仆见诱,遂致私诚,儿女之情,不能自固。君子有援琴之挑,鄙人无投梭之拒,及荐枕席,义盛恩深。愚幼之情,永谓终托,岂期既见君子,不能以礼定情,致有自献之羞,不复明侍巾帏,没身永恨,含叹何言? 傥若仁人用心,俯遂幽劣,虽死之日,犹生之年。如或达士略情,舍小从大,以先配为丑行,谓要盟之可欺,则当骨化形销,丹忱不泯;因风委露,犹托清尘。存没之诚,言尽于此,临纸鸣咽,情不能申。千万珍重!"奉劳歌伴,再和前声:

> 别后相思心目乱,不谓芳音,忽寄南来雁。却写花笺和泪卷,细书方寸教伊看。　独寐良宵无计遣,梦里依稀,暂若寻常见。幽会未终魂已断,半衾如暖人犹远。

"玉环一枚,是儿婴年所弄,寄充君子下体之佩。玉取其坚洁不渝,环取其终始不绝。兼致彩丝一绚,文竹茶合碾子一枚。此数物不足见珍,意者欲君子如玉之洁,鄙志如环不解。泪痕在竹,愁绪萦丝,因物达诚,永以为好耳。心迩身远,拜会无期,幽愤所钟,千里神合。千万珍重!春风多厉,强饭为佳,慎言自保,毋以鄙为深念也。"奉劳歌伴,再和前声:

> 尺素重重封锦字,未尽幽闺,别后心中事。珮玉彩丝文竹器,愿君一见知深意。　　环玉长圆丝万系,竹上斓斑,总是相思泪。物会见郎人永弃,心驰魂去神千里。

张之友闻之,莫不耸异,而张之志固绝之矣。岁余,崔已委身于人,张亦有所娶。适经其所居,乃因其夫言于崔,以外兄见。夫已诺之,而崔终不为出。张怨念之诚,动于颜色。崔知之,潜赋一诗寄张,曰:"自从消瘦减容光,万转千回懒下床。不为旁人羞不起,为郎憔悴却羞郎。"竟不之见。后数日,张君将行,崔又赋一诗以谢绝之。词曰:"弃置今何道,当时且自亲。还将旧来意,怜取眼前人。"奉劳歌伴,再和前声:

> 梦觉高唐云雨散,十二巫峰,隔断相思眼。不为旁人移步懒,为郎憔悴羞郎见。　　青翼不来孤凤怨,路失桃源,再会终无便。旧恨新愁无计遣,情深何似情俱浅。

逍遥子曰:乐天谓微之能道人意中语,仆于是益知乐天之言为当也。何者?夫崔之才华婉美,词彩艳丽,则于所载缄书诗章尽之矣。如其都愉淫冶之态,则不可得而见。及观其文,飘飘然仿佛出于人目前,虽丹青摹写其形状,未知能如是工且至否。仆尝采摭其意,撰成鼓子词十一章,示余友何东白先生。先生曰:"文则美矣,意犹有不尽者。胡不复为一章于其后,具道张之与崔既不能以理定其情,又不能合之于义,始相遇也,如是之笃;终相失也,如是之遽。必及于此,则完矣。"余应之曰:先生真为文者也,言必欲有终始箴戒而后已。大抵鄙靡之词,止歌其事之可歌,不必如是之备。若夫聚散离合,亦人之常情,古今所共惜也。又况崔之始相得而终至相失,岂得已哉?如崔已他适而张诡计以求见,崔知张之意而潜赋诗以谢之,其情盖有未能忘者矣。乐天曰："天长地久有时尽,此恨绵绵无尽期。"
岂独在彼者耶? 予因命此意,复成一曲,缀于传末云:

　　镜破人离何处问,路隔银河,岁会知犹近。只道新来消瘦
损,玉容不见空传信。　　弃掷前欢俱未忍,岂料盟言,陡顿无
凭准。地久天长终有尽,绵绵不似无穷恨。

卷第六

今之秘色瓷器，世言钱氏有国，越州烧进为供奉之物，不得臣庶用之，故云秘色。比见陆龟蒙集《越器》诗云："九秋风露越窑开，夺得千峰翠色来。好向中宵盛沆瀣，共嵇中散斗遗杯。"乃知唐时已有秘色，非自钱氏始。

南京人家掘得一石，上有字可考，云："猪拾柴，狗烧火，野狐扫地请客坐。"不知是何等语也。

宣和五六年间，上方织绫，谓之遍地桃。又急地绫，漆冠子作二桃样，谓之并桃。天下效之，香谓之佩香。至金人犯阙，无贵贱皆逃避，多为北贼房去，亦此谶也。

数年前，雍丘菜园人浚井，得石刻铭云："汉代功臣铭，隐在秦城井。得到靖康春，方显千年景。金人乱天下，诸贼皆来并。瓮下有甘泉，能疗人间病。"

五代敬翔当权时，门前一举子白衫作舞，歌唱曰："执板谈歌乞个钱，尘中流浪酒中仙。直饶到老常如此，犹胜危时弄化权。"

唐马戴诗云："广泽生明月，苍山夹乱流。"

《春秋纬含文嘉》曰：天子坟高三仞，树以松。诸侯半之，树以柏。大夫八尺，树以栾。士四尺，树以槐。庶人无坟，树以杨柳。

《韩诗外传》云：颜回望吴门马，见一匹练，孔子曰："马也，然则马之光景长一匹耳。"故人呼马为一匹。应劭《风俗通》曰：马一匹，俗说相马及君子与人相匹。或曰马夜行目明，照前四丈，故曰一匹。或曰度马纵横，适得一匹。或说马死卖马，得一匹帛。或云《春秋左氏》说诸侯相赠，乘马束帛，帛为匹，与马相匹耳。

近见士子多使柴桑翁为陶渊明，不知刘遗民曾作柴桑令也。白乐天《宿西林寺》诗云："木落天晴山翠开，爱山骑马入山来。心知不及柴桑令，一宿西林便却回。"注："柴桑令，刘遗民是也。"

李白开元中谒宰相，封一板，上题曰"海上钓鳌客李白"。相问曰："先生临沧海钓巨鳌,以何物为钩线?"白曰："以风浪逸其情,乾坤纵其志,以虹霓为丝,明月为钩。"又曰："何物为饵?"曰："以天下无义气丈夫为饵。"时相悚然。

新昌李相绅性暴,不礼士。镇宣武,有士人遇于中道,避不及,为前驱所拘。绅鞫之,乃宗室,答曰："勤政楼前尚容缓步,开封桥上不许徐行,汴州岂大于帝都,尚书未尊于天子。"公失色,使去。

唐李英公勣尝言："我年十二三时为无赖贼,逢人则杀。十四五时为难当贼,有所不惬者杀之。十七八时为好贼,上阵杀人。二十领天下大将军,用兵以救人死也。"

唐王仲舒为郎中,与马逢友善,每责逢曰："贫不可堪,何不寻碑志相救?"逢笑曰："适见人家走马呼医,立可待也。"

唐宣宗舅郑光,镇河中,上封其妾为夫人,不受,表辞曰："白屋同愁,已失凤鸣之侣;朱门自乐,难容乌合之人。"上笑曰："谁教阿舅作此好词?"左右对曰："光多任一判官田绚者掌书记。"上欲以翰林官之,论者以不由进士,又无引援,遂止。宣宗,唐之晚世也,犹有舅郑光辞妾之封,宣宗又从而嘉之,至赏作文者,亦可称也。

《封氏见闻》云:古葬无石志,近代贵贱通用之。齐太子穆妃将葬,议立石志,王俭曰："石志不出《礼经》,起元嘉中颜延之为王琳石志,素施无铉策,故以纪行迹耳。遂相祖习。储妃之重,礼绝常例,既有哀策,不烦石铭。"俭初著《丧礼》云:施石志于圹内,古无此制。然孝子无以扬先人之德,刻石纪功,亦不必纯用古制也。

明皇至蜀,每思张曲江则泪下,遣使韶州祭之,兼赍货币以恤其家。其诰词刻于白山屋壁下。

旧制,官人所服,唯黄、紫二色而已。贞观中,始令三品以上服紫,四、五品朱,六、七品绿,八、九品青。

陆贽文学政术俱高,但忌才太甚,如诬于公异家行不修,赐《孝经》一卷,公异坎壈而死。忠州之贬,不无天谴也。

唐制:男子始生为黄,四岁为小,十六为中,二十为丁,六十为老。赋役之制有四:一曰租,二曰税,三曰调,四曰役。

王彦伯医名既著,列三四灶,煮药于庭,老幼塞门来请。彦伯指曰:"热者饮此,寒者饮此,风者气者各饮此。"皆饮而去。效者各负钱而酬,不来者亦不责之。其普眼长者之流欤?《千金》有王彦伯方。

唐吴人顾况,一见李邺侯如旧识,待以异礼。及邺侯卒,况感其知,作《海鸥咏》以寄怀云:"万里飞来为客鸟,曾蒙丹凤借枝柯。一朝凤去梧桐死,满目鸱鸢奈尔何?"遂为权贵所疾,贬饶州司户。

古语云:"力能胜贫,谨能胜祸。"盖言勤力不已则不贫,谨身可以避祸。

元载妻王氏曰:"某四道节度使女,十八年宰相妻。今日相公犯罪,死即甘心;使妾为春婢,不如死也。"主司上闻,亦赐死。载于万年院佛堂子中谒主者,乞一快死。主者曰:"相公今日受些污泥,不怪也。"乃脱秽袜塞其口而终。

荆州大历中有冯希乐者善佞,见人家鼠穴亦佞。尝到长林谒县令,留宴,语令云:"仁风所暨,感兽出境。昨初入县界,见虎狼相尾西去。"有顷村吏来报,昨夜大虫食人。令戏诘之,冯遽曰:"是必略食便过。"

刘梦得守连州,替高霞寓。霞寓后入为羽林将军,自京附书:以承眷顾,请自代矣。公曰:奉感有一话。曾有一老妪山行,遇大虫,羸然跬而不进,若伤其足者。妪因即之,乃举足以示妪。妪看之,有芒刺在掌下,因为拔之。俄顷奋迅而去,似感其恩者。及归,翌日自外掷麇鹿狐兔至于庭,日无阙焉。妪登垣视之,乃前伤足虎也。一旦,忽掷一死人入,血肉狼籍,被村人呵捕,称为杀人。妪说其由,始得释缚。乃登垣,伺其虎至而语曰:"感则感矣,叩首大王,已后更莫抛人来也。"

唐韦宙善治生,江陵田产极盛。除广帅,宣宗戒之曰:"番禺珠翠之地,垂贪泉之戒。"宙曰:"江陵庄积谷尚有七千堆,无所用泉。"宣宗曰:"此所谓足谷翁也。"

张巡之守睢阳,玄宗已幸蜀,胡雏方炽,孤城势蹙。人食竭,以纸布切煮而食之。时以茶汁和之,而意自如。其《谢金吾将军表》,词甚忠勇。又许远亦有祭文,为时所重,所谓"太乙先锋,蚩尤后殿。苍龙持弓,白虎捧箭"。又《祭城隍文》,皆文武雄健,志气不衰,真忠烈之士也。刘禹锡曰："此二公天赞其心，俾之守死善道。向若救至身存，不过一张仆射耳，则巡、远之名，焉得以光万古哉！"

士子初登荣达，及迁除，朋僚慰贺，必盛置酒馔音乐，以展欢宴，谓之烧尾。说者谓虎变为人，唯尾不化，须为焚除，乃得成人。故以初蒙除授，如虎得为人，本尾犹在，体气既合，人为焚之，故云烧尾。一云新羊入群，乃为诸羊所触，不相亲附，火烧其尾则定。贞观中太宗尝问朱子奢烧尾事，以烧羊为对。出《封氏见闻录》。

唐至德二年，敕以僧及道士入钱度有差。

进士及第，以泥金书帖附家书中，报登科之喜。至文宗朝，遂寝此仪。出《卢氏杂说》。

钱氏时，杭州还乡和尚每唱云："还乡寂寂杳无踪，不挂征帆水陆通。踏得故乡田地稳，更无南北与西东。"人问，云："明年大家都去。"果然。钱家纳土还朝之兆。

苏公《东禅院林酒仙》诗云："门前绿树无啼鸟，庭下苍苔有落花。聊与东风论个事，十分春色属谁家？"东坡所记自作祭文中。

南宫县君钱氏诗云："士悲秋色女怀春，此语由来未是真。倘若有情相眷恋，四时天气总愁人。"

张公庠少能诗，《道中一绝》云："一年春事已成空，拥鼻微吟半醉中。夹路桃花新雨过，马蹄无处避残红。"

仲殊《题李伯时支遁相马图》云："月窟精神不受羁，白云野老太支离。当时若也无人识，骏骨灵心各自知。"

宗弟鹏举言：见一驿壁上有诗云："逢桥须下马，过渡莫争船。"此征途药石也，余爱之，每示子孙。全诗云："记得离家日，尊亲嘱付言：逢桥须下马，过渡莫争船。雨宿宜防夜，鸡鸣更相天。若能依此语，行路免迍邅。"

三台者，陆翙《邺中记》云：魏武于邺城西北立三台，中名铜雀，南名金兽，北名冰井。

梅圣俞诗，世称五字之妙，其歌词语胜理旨，大似元微之作。《花娘歌》曰："花娘十二能歌舞，籍甚声名居乐府。荏苒其间十四年，朝为行云暮为雨。格高气俊能动人，人能动之无几许。前岁适从江国来，时因宴席相微语。虽有幽情未得传，暗结殷勤度寒暑。去春送客出东城，舟中接膝心已倾。自兹稍稍有期约，五月连航并钓行。曲堤别浦无人处，始笑鸳鸯浪得名。尔后频逢殊嬿婉，各恨从来相见晚。月下花前不暂离，暂离已抵银河远。青鸟传音日几回，鸡鸣归去暮还来。经秋度腊无纤失，爱极情专易得猜。前年南圃寻芳卉，小忿不胜投袂起。官司乘衅作威棱，督促仓皇去闾里。潇潇风雨满长溪，一舸翻然逐流水。忽逢小史向城东，泣泪寄言心欲死。愿郎日日致青云，妾已长甘在泥滓。更悲恩意不得终，世事难凭何若此！郎闻兹语痛莫深，天地无穷恨无已。我今为尔偶成章，便欲缄之托双鲤。"又作《翡翠词》云："秦女乘鸾遗翠羽，落在人间与风舞。风休不归谁作主，此郎拾取妆金缕。郎家夫妇爱且怜，系向裙间同出处。朝来邻里偶经过，方朔、邹、枚争欲睹。主人重客苦留连，急走钿车令去取。酒巡未匝掩阁扉，忽已闻归报鹦鹉。重匀朱粉临镜台，促息不停催出户。正抱琵琶稳系绦，辊作轻雷拢作雨。自解弹成啄木声，岂唯能写胡人语。醉眼流波入鬓时，弦慢邀郎紧丝柱。身柔柱滑郎力微，欲情旁人频顾主。主何磊落风味多，就请上宾无不许。相疏情远谁称渠？画拨当胸客当去。"

因读禅月《有怀王慥使君》诗云："刳剥生灵为事业，巧通豪俊作梯媒。"令人叹息，古已如此。

李白坟在太平州采石镇民家菜圃中，游人亦多留诗，然州之南有青山，乃有正坟。或云太白平生爱谢家青山，葬其处，采石特空坟耳。世传太白过采石，酒狂捉月，窃意当时藁殡于此，至范侍郎为迁窆青山焉。

杜子美坟在耒阳，有碑其上。唐史言：至耒阳，以牛肉白酒，一夕醉饱而卒。然元微之作子美《墓志》曰：扁舟下荆楚，竟以寓卒，旅殡岳阳。至其子嗣业始葬偃师首阳山。当以《墓志》为正，盖子美自言晋当阳杜元凯之后，故世葬偃师首阳山。又子美父闲常为巩县令，故子美为巩县人。偃师首阳山在官路，其下古冢累累，而杜元凯墓犹载《图经》可考，其旁元凯子孙附葬者数十，但不知孰为子美墓耳。

傅逸人名崑，真庙时人。《赠张忠定》诗云："忍把浮名卖却闲，门前流水对青山。青山不语人无事，门外风花任往还。"忠定答云："萧萧疏苇映门墙，见说新秋脍味长。何事轻抛来帝里，至今魂梦绕寒塘。"逸人又《题壁》云："寒蛩入夜忙催织，戴胜春深苦劝耕。人苦无心济天下，不知虫鸟有何情？"

孙元规最不喜僧。帅浙东，过润州甘露寺，令僧尽去诗碑，独留僧文灏诗云："本为向空宽病目，却因多见动闲心。"

章惇元祐初帘前争事无礼，责出知汝州，钱穆父行词云："怏怏非少主之臣，悻悻无大臣之节。"子厚后见穆父，责其语太甚。穆父笑曰："官人怒，杂职安敢轻行杖。"

余尝为东坡先生言，平生当官有三乐：凶岁检灾，每自请行，放数得实，一乐也；听讼为人得真情，二乐也；公家有粟，可赈饥民，三乐也。居家亦有三乐：闺门上下和平，内外一情，一乐也；室有余财，可济贫乏，二乐也；客至即饮，略其丰俭，终日欣然，三乐也。东坡笑以为然。

真宗东封，访天下隐者，得杞人杨朴，能为诗。召对，自言不能。上问："临行有人作诗送卿否？"朴言："独臣妻有诗一首云：'更休落魄贪杯酒，亦莫猖狂爱咏诗。今日捉将官里去，这回断送老头皮。'"上大笑，放还山。东坡云："吾顷在湖州，坐作诗追赴诏狱，妻子送出门皆哭，无以语之，顾老妻曰：'独不能如杨处士妻作诗送我乎？'老妻不觉失笑而止。"

张芸叟作吕子固挽诗云："大块分劳逸，唯君独不均。险夷安若性，金石想为人。万卷书奚托，重泉恨莫伸。谁知丞相子，天地一穷民！"

余初到长安，有诗云："来往长安未定居，暂将僧舍当吾庐。空中说法凭铃语，枕上朝饥听木鱼。因果分明休问佛，行藏自信罢占书。眼前一物真堪爱，百尺长杨水满渠。"

南关驿上碑云：昔列御寇称天倾西北，故河东视诸郡最为高险，太行峙其南，羊肠处其北。《北史·齐纪》：诏问崔颐何处有羊肠坂，颐曰："按《汉书·地理志》，上党壶关有羊肠坂。"帝曰："不是。""又按皇甫士安《地理志》云，太原北九十里有羊肠坂。"帝曰："是也。"

卷第七

　　沈存中括，元丰中入翰林为学士，有《开元乐》词四首，裕陵赏爱之。词云："鹳鹊楼头日暖，蓬莱殿里花香。草绿烟迷步辇，天高日近龙床。""楼上正临宫外，人间不见仙家。寒食轻烟薄雾，满城明月梨花。""按舞骊山影里，回銮渭水光中。玉笛一天明月，翠华满陌东风。""殿后春旗簇仗，楼前御队穿花。一片红云闹处，外人遥认官家。"

　　栏楯，王逸注云："纵曰栏，横曰楯。"《楯间子》曰："橝，栏楯，殿上临边之饰，亦以防人坠堕，今言钩栏是也。"_{沙门玄应撰。}

　　唐杭州缺刺史，欲除李远为守，宣宗曰："远诗云：'青山不厌千杯酒，白日唯消一局棋。'如此安能治民！"此缪陋之甚也。使才臣治郡有余暇，铃阁弈棋，未害为政，岂特一诗中言棋，便谓不能治民？有以见宣宗之度未宏远耳。

　　比来士大夫借人之书，不录不读不还，便为己有，又欲使人之无本。颖州一士子，九经各有数十部，皆有题记，是谓借诸人之书不还者，每炫本多。余不欲言，未尝不归戒儿曹也。

　　陈叔易，崇宁中为宋乔年荐得官入馆，晁以道有诗云："处士何人为作牙，尽携猿鹤到京华。新禾满地秋风起，六六峰前只一家。"未久，以道亦为势人所引入京，适得书，寄此诗来，予次韵曰："闻道诸公置齿牙，买鞿卖屦趁年华。太平起隐无遗策，空尽嵩阳处士家。"始者以道叔易皆居嵩阳，誓不出仕云。

　　《传载》曰：僧淡然者为诗曰："到处自凿井，不能饮常流。"与孟郊、退之为洛下之游，退之作《嘲淡然鼾睡》诗是也。

　　唐刘从谏死，其子积请袭位，未许，发兵扰河内，朝廷命检校右仆射王茂元专征。会茂元卒，遣检校太尉王宰都统骁卒，检校右仆射石雄为副。未即进讨，武宗切于成功，遣内养崔神召丞相李卫公于便殿，曰："此贼使朕鬓眉陡白。诸将不肯杀戮，卿等可为作制驭奏来，朕坐此以待。”卫公至中书，召御史中丞李回，宣上旨，请公以行。命回为催阵使，发自右银台门，五十四道邸吏，戎车导引至近驿，观者倾京师。公至蒲东刀荒岭，都统王宰、其副石雄，鞬腰帕首，俯伏道左拜谒。公总辔受礼，顾左右，唤当直令史处分，责破贼限状来。二将挥汗，通六十日内请收潞州城，违限请行军令。五十八日，潞州送稹首请降，官军入上党，拜同中书侍郎平章事。回即驿坊李相也。

老种太尉师道预知金人反覆，上进二诗，多为张六太尉者收藏不达，已备言大金连结情状，后果叛盟。诗曰：“外塞胡儿里党臣，勾连数众赴京城。团团阔阔孤平寨，不识皇家王气星。”又云：“飞蛾视火残生灭，燕逐群鹰命不存。从今一扫胡兵尽，万年不敢正南行。”后金人奔突犯阙，皆如其言。初与折可存立殊勋，后欲击贼，不用其言，气愤而卒。

崇宁中，特奏名状元徐遹琼林宴罢，作诗曰：“白发青衫晚得官，琼林顿觉酒肠宽。平康夜过无人问，留得宫花醒后看。”亦十二年前进士也。

近岁林棣县虞候张坦，暴酷嗜利，卒死瘗城外月余，夜夜叫呼。村人报其家，谓复生。妻子辈开掘视之，身化巨蛇，头尚人也。取之置荆囤中。他日体寒，要厚被。日食肉二斤许，酒一斗。复能人言，时召故旧，喻以祸福，以邀酒食，至费竭所蓄家产之后乃入山。唯幼子及妇能饲之。后数月，头亦蛇矣，渐不能人言。《太平广记》中载人化为虎多矣，未见生化为蛇也。瞿元化说。

欧阳文忠公晚年最喜陈知默诗，云：“恨不多记，但记其两联，一云‘平地风烟横白鸟，半山云木卷苍藤’；一云‘云埋山麓藏秋雨，叶落林梢带晚风。’”

傅钦之作中丞，言刘仲冯，一日贡父逢之，曰：“小侄何过，致起台章？”钦之惭云：“也只三平二满文字。”贡父熟视，笑曰：“七上八下人才。”

张安道少年谪滁州，道遇一僧舍，入门怅然，便悟前生曾作寺僧，手写《楞伽经》四卷。问其徒，具言有老僧平生诵此经，自书者犹匣在屋梁上。取视之，笔迹宛然，与今生一同。遂托东坡书此经，施钱入金山寺，了元长老刻板印施，坡作后序，详言之矣。及坡作杭倅，游寿星院，入门便悟曾到，能言其院后堂殿山石处，作诗记之。乃知性慈慧者必是大修行中来，非一世薰习所致。

先伯父洋州侯，有文学名于嘉祐、治平间。有《落花》诗云："绿珠楼下堪惆怅，宋玉墙头又别离。"又《御沟》诗云："一条横截红尘断，几曲遥通紫禁深。"

长安慈恩寺僧，见数女仙夜吟，诗云："黄子陂头好月明，忘却华筵到晓行。烟收山低翠黛横，折得荷花远恨生。"僧出揖之，化为白鹄飞去。明日，又题云："湖水团团夜如镜，碧树红花相掩映。北斗阑干晓柄移，有似佳期常不定。"

孙莘老形貌古奇，熙宁中论事不合责出，世谓没兴孔夫子。孔宗翰，宣圣之后，气质肥厚，刘贡父目之孔子家小二郎。元祐中，二人俱为侍郎，二部争事于殿门外幄次中，刘贡父过而谓曰："吾党之直者异于是。"坐中有悟之者，大笑。

滕元发少居乡里寺中修业。一日，烹寺犬食之，僧笑曰："能作《滕先生偷狗赋》，即不申理。"其破题云："僧惟不净，狗也宜偷。饼饵引来，犹掉续貂之尾；索绹牵去，难回顾兔之头。"又云："既欲思于实腹，遂乃设于空喉。"即日传播诸郡。空喉，取狗器也。

刘原父再娶，欧公戏作二诗云："仙家千岁亦何长，人世空惊日月忙。洞里桃花莫相笑，刘郎今是老刘郎。"又云："文章落笔有谁先？坐上诗成海外传。明日京都应纸贵，开帘却扇有新篇。"

颍妓曹苏哥，往岁与悦己者密约相从，而其母禁之至苦，不胜郁悒。以盛春美景，邀同约者联骑出城，登高冢，相对恸哭。既而酹饮。诸客闻之，赏其旷绝于流辈。晏元献闻之，为戏题绝句云："苏哥风味逼天真，恐是文君向上人。何日九原芳草绿，大家携酒哭青春。"

黄鲁直戏作《贵耳贱目谜》云："驴耳对轩轩，争酬价十千。眈眈两虎视，不直一文钱。"

梅询侍读尝从真宗东封，因卜命于岳神，梦三牛斗于庭，有称相公通谒者，虽异之而不晓其兆。既而得濠梁守，州廨有三石牛。后吕许公夷简以殿中丞来倅，询见之，疑若所梦谒者，于是委遇至厚。不数年，许公大拜，梅为发运使，按部至濠上，作诗寄许公云："十五年前忝一麾，公余尝得预言诗。玉阶步武为霖早，云路风波得志迟。浴凤池深春荡荡，观鱼台古草离离。重来故老休相问，请揭纱笼看旧碑。"

张子野年八十五，尚闻买妾，陈述古作杭守，东坡作倅，述古令东坡作诗云："锦里先生自笑狂，莫欺九尺鬓毛苍。诗人老去莺莺在，公子归来燕燕忙。柱下相君犹有齿，江南刺史已无肠。平生谬作安昌客，略遣彭宣到后堂。"诗人谓张籍；公子谓张祜；柱下，张苍；安昌，张禹：皆使姓张事。

文思使，或云量铭云："时文思索。"或说殿名，聚工巧于其侧，因名之曰文思使院。

东坡先生召试直言极谏科时，答《刑赏忠厚之至论》，有云"皋陶曰杀之三，尧曰宥之三"，诸主文皆不知其出处。及入谢日，引过诣两制幕次，欧公问其出处，东坡笑曰："想当然尔。"数公大笑。

世以鲍昭字明远，读李义山诗云："嫩割周颙韭，肥烹鲍照葵。"乃知名照，非昭也。

唐明皇时，孙逖集中有《寿王瑁妃杨氏废为道士制》，此可见太真妃真寿王妃也。李商隐诗云："骊岫飞泉泛暖香，九龙呵护玉莲房。平明每幸长生殿，不从金舆惟寿王。"又云："龙墀赐酒敞云屏，羯鼓声高众乐停。夜半宴归宫漏永，薛王沉醉寿王醒。"书此事也。

唐李义山《樊南甲乙四六集序》云："四六之名，六博格五，四数六甲之取乙。"

《周礼》："阍十人。"郑玄曰："阍，真气藏者，今谓之宦人也。主闲门户，故阍之。"

东坡先生尝爱梅圣俞《和宋次道紫宸早朝》诗，云："陆生声誉在云间，来预簪裾谒帝颜。冠剑有容夔与契，文章全盛马兼班。眈眈玉宇龙缠栋，霭霭金铺兽啮环。却出常朝殿前过，裁衣风动自相攀。"

天福中，杨凝式风子笔墨高妙，洛阳寺有题壁。李建中亦有书名，尝题其旁云："杉松倒涧雪霜干，屋壁麝煤风雨寒。我亦平生有书癖，一回入寺一回看。"

濠守侯德裕侍郎，藏东坡一帖云：杭州营籍周韶，多蓄奇茗。尝与君谟斗,胜之。韶又知作诗,子容过杭,述古饮之,韶泣求落籍。子容曰:"可作一绝。"韶援笔立成,曰:"陇上巢空岁月惊,忍看回首自梳翎。开笼若放雪衣女,长念观音般若经。"韶时有服,衣白,一座嗟叹,遂落籍。同辈皆有诗送之,二人者最善,胡楚云:"淡妆轻素鹤翎红,移入朱栏便不同。应笑西园桃与李,强匀颜色待秋风。"龙靓云:"桃花流水本无尘,一落人间几度春。解佩暂酬交甫意,濯缨还作武陵人。"固知杭人多慧也。

王立之云:"老杜家讳闲,而诗中有'翩翩戏蝶过闲幔',或云恐传者谬。又有'泛爱怜霜鬓,留欢卜夜闲'。余以为皆当以闲为正,临文恐不自讳也。"迂叟李国老云:"余读《新唐书》,方知杜甫父名闲,检杜诗,果无'闲'字。唯蜀本旧杜诗二十卷内《寒食》诗云:'邻家闲不违。'后见王琪本作'问不违'。又云:'曾闪朱旗北斗闲。'后见赵仁约说薛向家本作'北斗殷'。由是言之,甫不用'闲'字,明矣。"

东坡在维扬设客十余人,皆一时名士,米元章在焉。酒半,元章忽起立云:"少事白吾丈:世人皆以芾为颠,愿质之。"坡云:"吾从众。"坐客皆笑。

东坡论沈传师书云:"传师虽学二王笔法,后欲破之自立,乃伤变主者也。近世人多学传师,又不至,但有小人跳篱蓦圈,脚手令人可憎。世人皆学,何哉?"

东坡云:"白公晚年诗极高妙。"余请其妙处,坡云:"如'风生古木晴天雨,月照平沙夏夜霜',此少时不到也。"

东坡云:荆公暮年诗始有合处。五字最胜,二韵小诗次之,七言诗终有晚唐气味。如平甫七字,复为佳耳。

晋人论三教同异,曰:"将无同。"曾问东坡,坡云:"古人以将为初,是初无同,岂复有异耶?"后以此旨观古人用初字意,皆通于此义。

《宗镜》中有《古德环同见异颂》一首云:"于一端严淫女身,出家耽欲及饿狗。以前尘无决定相,三者分别各不同。"

东坡老人在昌化,尝负大瓢行歌于田间,有老妇年七十,谓坡云:"内翰昔日富贵,一场春梦。"坡然之。里人呼此媪为春梦婆。坡被酒独行,遍至子云诸黎之舍,作诗云:"符老风情老奈何,朱颜减尽鬓丝多。投梭每困东邻女,换扇唯逢春梦婆。"是日,老符秀才言换扇事。东坡云:世言柳耆卿曲俗,非也。如《八声甘州》云:"霜风凄紧,关河冷落,残照当楼。"此语于诗句,不减唐人高处。

晁无咎言:晏叔原不蹈袭人语,而风调闲雅,自是一家。如:"舞低杨柳楼心月,歌尽桃花扇底风。"自可知此人不生在三家村中也。

荆公云:古之歌者,皆先有词,后有声,故曰:"诗言志,歌永言,声依永,律和声。"如今先撰腔子,后填词,却是永依声也。

世言卢绛病,梦一白衣妇人啖以甘蔗,为歌《菩萨蛮》词,曰:"后相见于固子陂。"其词末句云:"眉黛远山攒,芭蕉生暮寒。"此词人俱能道之。而杨大年《谈苑》中末句不同,云:"独自凭阑干,衣襟生暮寒。"不知孰是。予尝谓"芭蕉生暮寒"妙甚,与"衣襟"大段相远,大年必不如此道也。

李邦直黄门在政府时,夜梦作《春词》云:"杨花落,燕子横穿朱阁。苦恨春醪如水薄,闲愁无处著。　　绿野带江山落角,桃叶参差残蕚。历历危樯沙外泊,东风晚来恶。"

秦少游、贺方回相继以歌词知名。少游有词云:"醉卧古藤阴下,了不知南北。"其后迁谪,卒于藤州光华亭上。方回亦有词云:"当年曾到王陵铺,鼓角秋风,千岁辽东,回首人间万事空。"后卒于北门,门外有王陵铺云。

东坡云:《梁史》:刘凝之为人认所著屐,即与之。后得所失屐,复还之,不肯取。又:沈麟士亦为邻人认所著屐,麟士笑曰:"是卿屐耶?"即与之。后得所失屐,麟士笑曰:"非卿屐耶?"复受之。士大夫处世当如麟士,不当如凝之也。

契丹天祚文妃喜文墨,尝作史诗以讽谏云:"丞相朝来剑佩鸣,千官侧目寂无声。养成寇盗谋将及,害尽忠良谏不行。亲戚尽连藩屏翰,私门潜蓄爪牙兵。可怜二世秦天子,犹向宫中望太平。"文妃被诛后,其子晋王诵经受诛,母子俱贤也。

东坡守杭州时,有县官贪而无耻,欲黜之,浼张父政解其事。公厉声曰:"古之学者为己,其斯人耶!"张问其故。"掌政名曰有司,掌教名曰儒臣,有司惟欲得之于己,儒官惟欲成就于人"。闻者笑倒。

卷第八

司马文正公言行俱高，然亦每有谑语。尝作诗云："由来狱吏少和气，皋陶之状如削瓜。"又有长短句云："宝髻匆匆梳就，铅华淡淡妆成。青烟紫雾罩轻盈，飞絮游丝无定。　　相见争如不见，有情何似无情。笙歌散后酒初醒，深院月斜人静。"风味极不浅，乃《西江月》词也。

今人谓拙直者名方头。陆鲁望作《有怀》诗云："头方不会王门事，尘土空缁白苎衣。"亦有此出处矣。

范尧夫丞相尝教子弟云：文正公有言，常调官好做，家常饭好吃。

南唐给事中乔舜知举，进士及第者五人，即丘旭、乐史、王则、程渥、陈皋也。皆以举数升降等甲。无名子以为乔之榜类陈橘皮，以年多者居上。

宣城守吕士隆，好缘微罪杖营妓。后乐籍中得一客娼，名丽华，善歌，有声于江南，士隆眷之。一日，复欲杖营妓，妓泣诉曰："某不敢避杖，但恐新到某人者不安此耳。"士隆笑而从之。丽华短肥，故梅圣俞作《莫打鸭》诗以解之曰："莫打鸭，莫打鸭，打鸭惊鸳鸯。鸳鸯新自南池落，不比孤洲老秃鸧。秃鸧尚欲远飞去，何况鸳鸯羽翼长。"

《集韵》云：鳠，音护。鱼也。皮可冒鼓。今多以鼍鼓使鼍字，非也。此水虫耳。

冯夷者，《清泠传》曰：冯夷，华阴潼乡堤伯人也。服八石，得水仙，是为河伯。一云以八月庚子浴于河而溺死，一云渡河溺死。

詹玠，南方人。有《咏梅》诗云："只有雪争白，更无花似香。"全似裴说《诗格》。《说棋》诗云："人心无算处，国手有输时。"又《牡丹》诗云："未尝贫处见，不似土中生。"又尝有诗云："入山不避虎，当路却防人。"格虽不高，真入理之言。

金陵人谓中酒曰酒恶，则知李后主诗云"酒恶时拈花蕊嗅"，用乡人语也。

江州村民呼父曰大老。孟子所谓"二老者，天下之大老也。天下之父归之，其子焉往"，于此可验。

扬州山光寺一小室中，有题二绝于壁上者，曰："马蹄轻蹩柳花浮，醉入淮南第一州。不是青楼羞薄幸，自缘无锦不缠头。"又曰："高台已倾池已平，隋家宫殿春草生。千年往事何足叹，广陵非复旧时城。"二诗笔法秀劲，不题名氏。荆公后题云："此沈文通诗。"

刘原父晚守长安，眷官妓蔡娇，所谓添酥者也。其召还，作诗别之曰："玳筵银烛彻宵明，白玉佳人唱《渭城》。更尽一杯须起舞，关河秋月不胜情。"

韩退之以论佛骨贬潮州，给事中冯宿亦贬歙州刺史，论者谓前一日冯宿于韩家，盖宿教令上疏，遂贬焉。呜呼！如退之者不免人疑受他人风旨，君子使人必信，难矣！

愁，音曹。忧也。《集韵》：扬雄有《畔牢愁》，音曹。今人言心中不快为"心曹"，当用此愁字，即忧也。

宣宗深惩阉宦恣横，以访令孤绹。绹密奏榜子云："但有罪莫舍，有阙莫填，自然无遗类矣。"

关东鄙语曰："人闻长安乐，出门向西笑。"

富郑公守青，值荒岁艰食，从朝廷乞斛斗济民，作书与执政云："伏念人生好事，难得入手，今方遇之，幸乐成此志也。"

富郑公与欧公书云："某在青州作得一实头事，全活数万人，大胜如二十四考在中书也。谓赈济事。"

唐末五季，士大夫有言曰："贵不如贱，富不如贫，智不如愚，仕不如闲。"谓严刑、征科、责任、驱役四事也，其深有旨。

东坡自黄移汝，过金陵，见舒王，适陈和叔作守，多同饮会。一日游蒋山，和叔被召将行，舒王顾江山曰："子瞻可作歌。"坡醉中书云："千古龙蟠并虎踞，从公一吊兴亡处。渺渺斜风吹细雨，芳草路，江南父老留公住。　　公驾飞轺凌紫雾，红鸾骖乘青鸾驭。却讶此洲名白鹭，非吾侣，翩然欲下还飞去。"和叔到任，数日而去。舒王笑曰："白鹭者，得无意乎？"

张文潜每见亲友书后无月日，便掷于地，更不复观。

川中一士人作《食菜》诗十余韵，其警句云："溲频倾绿水，涸急走青蛇。浑家青菜子，一肚晚蚕沙。"

张文潜《戏作雪狮绝句》云："六出装来百兽王，日头出后便郎当。争眉霍眼人谁怕，想你应无热肺肠。"

韩魏王晚谢事归相州，有诗云："花散晓丛蜂蝶乱，雨匀春圃桔槔闲。"又云："不羞老圃秋容瘦，且看黄花晚节香。"皆熙宁纷更法度，争之不胜所作也。

东坡在黄冈，与张从惠吉老同一州。吉老妻，予从姑也。遇生日，请坡夫妇饮，适有新桃，食之见双仁，坡戏作《献寿》诗云："终须跨个玉麒麟，方丈蓬莱走一巡。敢献些儿长寿物，蟠桃核里有双仁。"

有士人误中秋赋，求人作谢启。或戏与一对云："莲花里点灯，偶然而已；草屋上失火，茅著可知。"

东坡云：予饮少辄醉，卧则鼻鼾如雷，旁舍为厌，而已不知也。一日因醉卧，有鱼头鬼身者，自海中来告云："广利王来请端明。"予被褐草屦黄冠而去，亦不知身步在水中，但闻风雷声暴如触石，意亦知在深水处。有顷，豁然明白，真所谓水精宫殿相照耀也。其下则有骊目、夜光、文犀、尺璧、南金、火齐，眩目不可仰视，而琥珀、珊瑚又不知多少也。广利少间佩冠剑而出，从以二青衣，予对以海上逐客，重烦邀命。广利且欢且笑。顷南溟夫人亦造焉，东华真人亦造焉，自知不在人世。少间，出素鲛绡丈余，命予题诗。予乃赋之曰："天地虽虚廓，淮海为最大。圣王时祀事，位尊河伯拜。祝融为异号，恍惚聚百怪。三气变流光，万里风雨快。灵旗摇红纛，赤虬喷澎湃。家近玉皇楼，彤光照无界。若得明月珠，可偿逐客债。"写竟，进广利，诸仙递看，咸称妙。独广利旁一冠篸水族，谓之鳖相公，进言："苏轼不避忌讳，祝融字犯王讳。"王大怒。予退而叹曰："到处被相公厮坏。"

钱唐一官妓，性善媚惑人，号曰九尾野狐。东坡先生适是邦，阙守权摄。九尾野狐者，一日下状解籍，遂判云："五日京兆，判断自由，九尾野狐，从良任便。"复有一名娼亦援此例，遂判云："敦《召南》之化，此意诚可佳。空冀北之群，所请宜不允。"

大中二年，李卫公谪广州，历宣宗、懿宗两朝，无宗相。至乾符二年，李蔚为相，俄罢去，历乾符、广明、中和、光启、文德、龙化、大顺、景祐、乾宁，悉无宗相，而宗室陵迟尤甚，居官者不过郡县长，处乡里者或为里胥族。出《岚斋集》。

《东观奏记》云：于延陵授建州刺史，中谢，宣宗问之曰："建去京师远近？"延陵曰："八千里。"上曰："朕左右前后多建人也，郡极不恶。卿若洁己奉公，绥辑凋瘵，常若在朕前。或挠法度，使远人无聊，即三尺阶前，便是万里。"

贺监为礼部侍郎，祁王赠惠昭太子，补斋挽郎，贺大纳苞苴，为豪子相率诉辱之，吏遽掩门。贺梯墙谓曰："诸君且散，见说宁王亦甚爽掺矣。"

唐白岑遇异人传发背方，其验十全，岑卖弄以求利。为淮南小将高适胁取其方，然不甚效。后岑至九江，为虎所食。驿吏于其囊中得真本，太原王昇之写以传布。岑得异方，秘之求利，无济人之心，宜为虎食。王昇之者，必有善报乎！

黄鲁直云：烂蒸同州羊羔，沃以杏酪，食之以匕，不以箸。抹南京面作槐叶冷淘，掺以襄邑熟猪肉，炊共城香稻，用吴人脍，松江之鲈。既饱，以康山谷帘泉烹曾坑斗品，少焉卧北窗下，使人诵东坡《赤壁》前后赋，亦足少快。

甲胄者，《广雅》云："兜鍪谓之胄。"

商贾，《白虎通》云："商之言商也，商其远近，通四方之物以聚之也。贾者，固也，固物以待民来求其利也。"

铭者，刻金石以纪德也。《礼》曰："铭者，自名也。铭义称美不称恶。"郑玄曰："铭者，名也。"

山谷云：金华俞清老，字子忠，三十年前与予共学于淮南。元丰甲子，相见于广陵，自云荆公欲用之，脱掖逢，著僧伽梨，奉香火于半山宅寺，所谓报宁禅院也。予命之僧名曰紫琳，字清老。无妻子累，去作半山道人，似不为难事，然生龟脱筒，亦难堪忍。后数年见之，儒冠自若也。因戏和清老诗云："索索叶自雨，月寒遥夜阑。马嘶车铎鸣，群动不遑安。有人梦超俗，去发脱儒冠。平明视青镜，政尔良独难。"东坡常哦此诗以为戏。

田承君云：东人王居卿在扬州，孙巨源、苏子瞻适相会，居卿置酒，曰："'疏影横斜水清浅，暗香浮动月黄昏'，此和靖《梅花》诗，然而为咏杏花与桃李，皆可用也。"东坡曰："可则可，恐杏花与桃花不敢承当。"一坐为之大笑。

曾说，孝序之子，元符中上书论元符之政，论编入邪，为中等。后为二蔡客，上书诋元祐、美崇宁政事，为正论上等。后因陛对作圣语，令进擢，又背京从卞，言章及之，遂贬丹阳闲居。尝送新茶与蔡天启，天启于简后批一诗云："欲言正焙香全少，便道沙溪味却嘉。半正半邪谁可会，似君书疏正交加。"

客有自丹阳来过颍见东坡先生，说章子厚学书，日临《兰亭》一本。坡笑云："从门入者非宝，章七终不高耳。"

东坡尝作《韩幹马》诗云："少陵翰墨无形画，韩幹丹青不语诗。此画此诗今已矣，人间驽骥谩争驰。"余以为若论诗画，于此尽矣，每诵数过，殆欲常以为法也。

苏二处见东坡先生与其书云："二郎侄，得书知安，并议论可喜，书字亦进，文字亦若无难处。止有一事与汝说：凡文字，少小时须令气象峥嵘，采色绚烂，渐老渐熟，乃造平淡。其实不是平淡，绚烂之极也。汝只见爷伯而今平淡，一向只学此样，何不取旧日应举时文字看，高下抑扬，如龙蛇捉不住，当且学此。只书字亦然。善思吾言。"云云。此一帖乃斯文之秘，学者宜深味之。

张乖崖自成都召还华山，寄陈抟诗云："世人大抵重官荣，见我西归夹路迎。应被华山高士笑，天真丧尽得浮名。"

山谷建中靖国间例复官职，有诗十首，一曰："阳城论事盖当世，陆贽草诏倾诸公。翰林若要真学士，唤取儋州秃鬓翁。"谓东坡也。

韩退之不喜僧，每为僧作诗，必随其浅深侮之。如《送灵师》诗云："围棋斗白黑，生死随机权。六博在一掷，枭卢叱回旋。战诗谁与敌，法汗横戈铤。饮酒尽百觞，嘲谐思逾鲜。有时醉花月，高唱清且绵。"言僧之事，乃云围棋、饮酒、六博、醉花、唱曲，良为不雅，可谓出丑矣。又《送澄观》诗，乃清凉国师者，虽不敢如此深诋，亦有"向风长叹不可见，我欲收敛加冠巾"，亦欲令其还俗，是终不喜僧也。

欧阳永叔《浣溪沙》云："堤上游人逐画船，拍堤春水四垂天，绿阳楼外出秋千。"此翁语甚妙绝，只——"出"字，是后人著意道不到处。

鲁直云：东坡居士曲，世所见者数百首，或谓于音律小不谐。居士词横放杰出，自是曲子缚不住者。

无咎云：张子野与柳耆卿齐名，人以为子野不及耆卿富，而子野韵高，是耆卿所乏处。

无咎云：比来作者皆不及秦少游，如"斜阳外，寒鸦数点，流水绕孤村"，虽不识字人，亦知是天生好言语也。

黄鲁直间为小词，固高妙，然不是当行家语，乃著腔子唱好诗也。

《晋世家》云："叔虞，武王之子，姜太公之外孙。"今晋祠是也。

山谷在涪溪，咏水仙花诗云："凌波仙子生尘袜，波上盈盈步微月。被谁招此断肠魂，种作寒花寄愁绝。含香体素欲倾城，山矾是弟梅是兄。坐对真成被花恼，出门一笑大江横。"

山谷云：东坡墨戏，水活石润，与予草书三昧，所谓闭门合辙。

桃黄事，东坡书云："有棋人山居，夜梦溪边有一人溺水，棋人援而出之。饭后纵步至一溪边，真梦中见者，猎人缚一鹿来，棋人数千得之。鹿逐棋人，跬步不可离。后于所居林间地上得桃一枚，甚大，樵妇过而食之，弃其核而去。棋人取之，破其核，得雄黄一块，棋人吞之，自此不复食。"东坡名此鹿为山客。

《国史补》云：酒有郢之富水，乌程之若下，荥阳之土窟春，富平之石梁春，剑南之烧香春。老杜亦云："闻道云安曲米春，才倾一盏即醺人。"裴硎作《传奇》记裴航事，亦有酒名松醪春。唐人多以"春"名酒也。

熊执易为补阙，上疏极谏，窃示僚友，归登惨然曰："愿列一名。雷霆之怒，足下岂可独当？"今之士大夫，有同为朝廷言事，或不从，即先变其议以合之者；或变之不及，即自辨非出己意，倾害同列而幸自脱者，于登良愧矣！

江南道中，壁上有人题云："蛇蝎性灵生便毒，蕙兰根异死犹香。"不知何人诗，亦妙语也。

　　东坡作诗，妙于使事，如"剩欲去为汤饼客，却愁错写弄麞书"，"弄麞"乃李林甫事；"汤饼客"出刘禹锡赠张盥诗，云："忆尔悬弧日，余为坐上宾。举箸食汤饼，祝辞天麒麟。"若以为明皇王后事，则不见坐食汤饼之意。公在黄州，邀一隐士相见，但视传舍，不言而去。坡曰："岂非以身世为传舍乎？"因赠诗云："士廉岂识桃椎妙，妄意称量未必然。"盖用朱桃椎事。高士廉备礼请见，与之语，不答，瞪目而去。士廉再拜曰："祭酒其使我以无事治蜀耶？"乃简条目，州遂大治。东坡取隐士相见不言之意为诗，真切当也。

历代笔记小说大观总目

汉魏六朝

西京杂记（外五种）　［汉］刘歆 等撰　王根林 校点

博物志（外七种）　［晋］张华 等撰　王根林 等校点

拾遗记（外三种）　［前秦］王嘉 等撰　王根林 等校点

搜神记·搜神后记　［晋］干宝 陶潜 撰　曹光甫 王根林 校点

世说新语　［南朝宋］刘义庆 撰　［梁］刘孝标注　王根林 标点

唐五代

朝野佥载·云溪友议　［唐］张鷟 范摅 撰　恒鹤 阳羡生 校点

教坊记（外七种）　［唐］崔令钦 等撰　曹中孚 等校点

大唐新语（外五种）　［唐］刘肃 等撰　恒鹤 等校点

玄怪录·续玄怪录　［唐］牛僧孺 李复言 撰　田松青 校点

次柳氏旧闻（外七种）　［唐］李德裕 等撰　丁如明 等校点

酉阳杂俎　［唐］段成式 撰　曹中孚 校点

宣室志·裴铏传奇　［唐］张读 裴铏 撰　萧逸 田松青 校点

唐摭言　［五代］王定保 撰　阳羡生 校点

开元天宝遗事（外七种）　［五代］王仁裕 等撰　丁如明 等校点

北梦琐言　［五代］孙光宪 撰　林艾园 校点

宋元

清异录·江淮异人录　［宋］陶穀 吴淑 撰　孔一 校点

稽神录·睽车志　［宋］徐铉 郭彖 撰　傅成 李梦生 校点

困学纪闻 〔宋〕王应麟 撰 栾保群 田松青 校点

齐东野语 〔宋〕周密 撰 黄益元 校点

癸辛杂识 〔宋〕周密 撰 王根林 校点

归潜志·乐郊私语 〔金〕刘祁 〔元〕姚桐寿 撰 黄益元 李梦生
　　校点

山居新语·至正直记 〔元〕杨瑀 孔齐 撰 李梦生 庄葳 郭群一
　　校点

南村辍耕录 〔元〕陶宗仪 撰 李梦生 校点

明代

草木子(外三种) 〔明〕叶子奇 等撰 吴东昆 等校点

双槐岁钞 〔明〕黄瑜 撰 王岚 校点

菽园杂记 〔明〕陆容 撰 李健莉 校点

庚巳编·今言类编 〔明〕陆粲 郑晓 撰 马镛 杨晓波 校点

四友斋丛说 〔明〕何良俊 撰 李剑雄 校点

客座赘语 〔明〕顾起元 撰 孔一 校点

五杂组 〔明〕谢肇淛 撰 傅成 校点

万历野获编 〔明〕沈德符 撰 杨万里 校点

涌幢小品 〔明〕朱国祯 撰 王根林 校点

清代

筠廊偶笔 二笔·在园杂志 〔清〕宋荦 刘廷玑 撰 蒋文仙 吴法源
　　校点

虞初新志 〔清〕张潮 辑 王根林 校点

坚瓠集 〔清〕褚人获 辑撰 李梦生 校点

柳南随笔 续笔 〔清〕王应奎 撰 以柔 校点

子不语 〔清〕袁枚 撰 申孟 甘林 校点

阅微草堂笔记 〔清〕纪昀 撰 汪贤度 校点

茶余客话 〔清〕阮葵生 撰 李保民 校点